白鳥

村上　龍

幻冬舎文庫

白鳥——目次

目次

白鳥

バスの中からその塔が見えた時、悪い予感がディスコのストロボのように点滅した。

悪い予感の映像はその塔のてっぺんから何か叫んで飛び降りるところだった。着きましたよ、と紺のスーツを着た丸い顔の男が言って、その塔のまわりがハウステンボスだった。入場口で丸い顔の男からチケットを受けとって中に入って行く時に遊園地とかそういうガヤガヤしていてみんなが楽しむ場所にしかない独特のムードが漂っているのがわかって、タカアキと二度ディズニーランドに行ったことを思い出して、背骨の下の方が寒くなってしまった。タカアキのことを思い出すと必ずそういう風になる。会わなくなって半年も経《た》つのに異常なことではないかと思う。「ついてるじゃない」と友達に言われて、一瞬本当に自分はついているのかも知れないと考えて、びっくりした。この旅行に当選したのがわかった夜のことなのだが、今から一週間前のその夜は自殺のことばかり考えていたのだった。タカアキは十二歳年上のイベンターで、芝浦とかそういう倉庫街のクラブでいろいろなことをやっている男だった。ロンドンからDJを呼んだり、モロッコ人のデザイナーのファッションショーをやったり、人工の血で床がグチャグチャになるパフォーマンスをやったりしていて、奥さんと二人の子供がいたが、知り合ったその日にホテルに一緒に泊まった。背はそんなに高くないし、眼鏡をかけているし、少し額が薄くなっていたが、好きになった。それまで付き合った何人かの男とは違っているような気がしたからだ。最初の夜のホテルのベッドの中で、父親のことを話した。それまでの他の男に父親のことを話したことはない。父親は、浦和でサラリーマンをしていたのだが、わたしが高校の頃、ちょっとしたミスをして会社に行かなくなった。詳しいことは母親も知らなかったようだが、書類に記入するのに単純なミスをして東京から来た年下の上司にひどく叱られた、とかそういうことだったらしい。別に首になったわけではないのだが、父親は会社に行かなくなり、そのうち家から一歩も出なくなった。初めの頃は、医者に行くように勧める母親に怒鳴ったりしていたがそのうちそういう元気もなくなり、家族ともほとんど口をきかなくなった。自分の部屋で静かに泣いているのを時々見たこともある。家の敷地の半分にアパートを建てていたので、母親がパートに出て、生活は何とかなったが、わたしは高校を卒業するとすぐに浦和を出て、東京で適当に暮らし始めた。良い時代で例えば不動産屋のオフィスに顔を出すだけで月に何十万というお金を貰《もら》えたりした。そういう場所で出会ったチャラチャラした女の子達とつるんで遊び回っている頃にタカアキと出会ったのだった。今でもよく憶《おぼ》えているが、タカアキに父親のことを話した時に、二人とも裸で、わたしは泣きだしていた。絶対におとうさんを憎んだり嫌いになったりしてはいけない、とタカアキは言った。ボクにはそういう経験はないから君がどれだけ辛かったかわかるわけがない、でもおとうさんを嫌いになってはいけないんだ、無理して好きになることもない、うまく言えないけど、自由になるということだと思うよ、おとうさんのことを考えればブルーな気持ちになる、おとうさんなんだから考えないわけにはいかない、みたいな自分のそういう感情そのものから自由になることだ、例えばF1のレーサーがいるとするよね、そのレーサーに今の君と同じようなトラブルがあるとしてさ、考えてばかりいたらレースなんかできないだろう? コーナーを見てどこでブレーキングしてどういうラインでコーナーを抜けるかしっかりとイメージしていなくてはならない、そういう時には彼の中にはトラブルのことは消えている、そういう状態を常に作り出していくようにするんだ、自由になるっていうのはそういうことなんだよ。そういうモノの言い方をする人は初めてだった。タカアキとの関係は一年とちょっと続いて、わたしが妊娠してしまったりしてひどいケンカもしたし、失望したこともあったけど、彼の言葉への信頼は決してなくなることはなかった。銀行とか証券会社のスキャンダルが新聞に載るようになってから、タカアキの仕事が減り始めて、最後の方は、名古屋のカニ料理のチェーン店のCFを作ったりするようになって、会ってもあまり話をしなくなった。別れようと言ったのはわたしの方だった。タカアキが、一歩も部屋から出なくなり、一言も喋《しゃべ》らなくなったらどうしようと、恐くなったのだ。そんなことはあり得ない、タカアキはきっと立ち直るだろう、と想像すると、それも耐えられないことのように思えてきた。じゃあどうして父親は、と考えるのはわかりきっていたからだ。別れることにしてからもタカアキは毎晩電話をかけてきて、わたし達は、好きだ、とか、愛してる、とか言い合った。だが、わたしはタカアキに会わなかった。そのうち電話が減り始め、やがて二カ月ほど経つと、まったくかかってこなくなった。これでよかったんだ、と百回くらい呟《つぶや》かなければ眠れない夜がずっと続いて、何かをしようという気が完全になくなった。アルバイトもなくなって、家賃も払えなくなり、残っていた洋服のローンも焦げつき始めていた。そういう時に、どうして雑誌にあった読者招待の応募のハガキを出したのか、自分でもよくわからない。何もする気が起きなくて、食事をするのも一苦労だった。口の中がカサカサ渇いて、喉の奥にボロ屑が詰まっているような感じで、外に出ようという気も起こらず、ただ、何かをしていなければおかしくなりそうだったので、部屋にあった雑誌をたんねんに読んで、結婚の相手を紹介する会社のアンケートハガキを書いたりしていた。応募のハガキもたぶん似たような気分で出したのだと思う。自殺のことが頭に浮かんできてしまって、これはヤバイな、と思っている時に、おめでとうございます、という旅行への招待状が届いたのだった。出発の当日、わたしは念入りにお化粧をしている自分に少し驚いた。下着もタカアキが好きだった黒の、エッチなやつをつけたし、洋服もまだ一度も袖を通していない昔もののワンピースを、どうしてこんなものを、と自分でも不思議に思いながら選んだ。だいたい同年輩の他の女の子達を見て、自分が老けてしまったように感じた。ハウステンボスの中を、ぞろぞろと歩いた。雑誌社の人と、旅行代理店の人、そしてガイドの女性が一緒だ。わたしはどういう風に見られているのだろうか？　と風車や運河を見ながら歩き、考えた。今、ここにタカアキが一緒にいてくれたら、と思っただけで涙が出そうになる。他の女の子達はそれぞれ自分が合いそうな友達を見つけて、お互いのカメラを交換して写真を撮り合ったりしている。イマイさんですか？　と一人の女の子が話しかけてきた。わたしはイマムラといいます、たぶんホテルの部屋が同じになると思うのでよろしくお願いします。わたし達はみな名札を付けていた。彼女はイマムラユミコ、わたしはイマイユカリで、あいうえお順の部屋割りになるので、同室になる。きれいな子で、福岡から来たそうだ。年は一つ下、小さな、恥ずかしそうな声で喋る。

「わたし、エイズかも知れないんです」

ホテルにチェックインして、夕食までの自由時間、運河の見えるカフェテラスで一緒にミルクティを飲んでいると、イマムラユミコが突然そう言った。え？　とわたしが少し大きな声を出すと、目を伏せて、すみません、と謝った。高い天井には、いかにもヨーロッパ風というシャンデリアがあって、テーブルや椅子や食器も豪華で、わたしは他の客をあまり見ないようにして自分だけの小さな世界をつくり、その中でお茶を飲んでいたのだった。きれいなものと一緒だといやなことを忘れられる、そう言ったのはタカアキだったが、真実だと思う。イマムラユミコがきれいな子ではなかったら、一緒にお茶を飲んだりしなかったかも知れないし、いきなりそんな話をされて気分を悪くしただろう。小柄で、シンプルで地味な服装だったが、本当にきれいな子だった。

「変な話をしてすみません、でも、イマイさんになら話せそうな気がしたんです」

いいわよ、とわたしは言った。イマムラユミコは話しだした。福岡の、わりと有名なブランドのブティックの店員をしていて、コンサートのプロモーターをやっている東京の男と数回セックスしたが、その後彼が非常に性にだらしないということを知った、と大体そういうことだった。

「外国にもしょっちゅう行っていて、必ずその国で、何ていうんですか、からだを売る女の人のことですけど」

イマムラユミコはそこまで言って下を向き頰《ほお》を真赤にした。女の子の頰が見る間に赤くなっていくのを間近で眺めるのは初めてだった。わたしは笑いながら教えてやった。

売春婦でしょ?

「そうです、アメリカとかブラジルとかメキシコとか、ヨーロッパでも必ずそういう女の人達を買っていたらしいんです」

で、あなたはそういうことをなんで知ったわけ？

「残ってた休みを全部使って東京まで会いに行ったんです、前に会ったマンションに行ったんですが居留守を使われて、その人が勤めている事務所にも行ったことがあったんで、行ったら、他のスタッフが大勢いて、教えてくれたんです」

ホテルヨーロッパのロビーや、このカフェテラスを行き交うのは、当り前のことにすべて日本人だが、それでムードが台無しになるということはない。日本人の客達は確かにこのホテルにそぐわない格好をしている。ゴルフウエアを着てスニーカーを履き、ウエストバッグを巻いた男達もいるし、キャバレーのホステスのようなキラキラしたドレスのおばさんの団体もいる。ウエイターやフロントマンやボーイは一応よく訓練された仕草で対応するが、客の方が慣れていないために、人間のあらゆる動きがとてもちぐはぐな印象を受ける。ロビーの床の大理石、よく磨き込まれた回転扉、大きな花瓶に見事に活けられた何百というユリの花、タペストリー、壁にかかったレンブラントの絵、絨毯《じゅうたん》、椅子から灰皿に至るまで、たぶん本物の材質が使われていて、それらが人間よりも強いオーラを発しているように感じる。本物には力があるのだ。シャンデリアの下を歩くウエストバッグのおじさん達がひどく頼りなく見える。どこか別の世界に迷い込んだ東洋人の群れのようだ。でも、とわたしは思った。わたしだって同じようなものだ、この雰囲気に似合っているはずがない、この、わけのわからないことを喋るかわいいかわいいイマムラユミコちゃんにしても同じことだ。

単にからかわれたんじゃないの？

「違うんです、スタッフの一人がわたしを呼んでちゃんと応接室みたいなところに入れてくれて、あんな男と付き合っちゃだめだって、静かな感じで言ってくれたんですよ」

そいつは、ボクと付き合わない？　って言わなかった？

「食事にでも行こうって言いました」

イマムラユミコちゃんは頭が悪いっていう感じはしない。極度の近視なのかも知れないし、両親の晩年の子供なのかも知れないし、あるいはわたしなんかよりはるかに不幸なトラブルをずっと抱えてきたのかも知れない、自分が他の子に比べてどれほど際立っているかまったくわかっていないか、世界で自分ほどの美人はいないと思っているか、そのどちらかだろう。

ね、その男が居留守を使っているってどうしてわかったの？

「あ、その人のマンションでですか？」

そう、

「ドアの向こう側で音楽が鳴ってました」

ドアが破れるくらいノックしてみればよかったのに、足で蹴《け》ってみるとか、

「女の人の声が聞こえたような気がしたんです、それで恐くなって」

何の音楽が鳴ってたの？

「ローリング・ストーンズでした」

わたし達は一緒に食事をして、一緒にレーザーショーを観て、ワインバーへ行きポルトをたくさん飲んだ。イマムラユミコちゃんはずっとエイズの話をしながらわたしの倍のペースで琥珀《こはく》色のポルトを飲み続けた。頬は真赤になって、耳朶《みみたぶ》がピンク色になっていた。

「イマイさんは自分がエイズだったらどうしようって考えたことないんですか？　実はね、その人の前に付き合った人もひどい人で、福岡の放送局のディレクターだったんだけどその人もよく外国に行く人でその人とセックスした後もわたしはちゃんとエイズ検査をしたんですよ、これからどんなにステキで大切な人に会うかわからないじゃないですか、その時にきれいなからだでいたいでしょう？　イマイさんはそういうこと考えませんか？」

そのステキで大切な男がもしエイズだったらどうするのさ、とわたしは言いたくなったが黙っていた。女を縛ったりムチで打ったりする男はそれまで気味の悪い変態だと思っていたが、イマムラユミコちゃんを見ているとそういう行為が理解できるような気がした。彼女が

バカな話をずっとしている間、わたしはそのピンク色の耳朶をずっと見ていた。小さな真珠のピアスをしている。そろそろ部屋に戻りましょうよ、とわたしは言った。イマムラユミコの後ろ姿を見て歩きながら、今どきこういうファッションの女もいるんだなあ、と思った。黒のパンプスと、赤いスカート、白のブラウス、黄色のカーディガン、デビューの頃のビートルズのようなヘアスタイル、極めつけは白のソックス。ホテルヨーロッパの廊下には厚い絨毯が敷いてあって、革の靴が妙な音をたてる。まだ夜の十時なのにあたりは静まり返って、別の世界に迷い込んだのではないかという思いがますます強くなる。自由になるんだ、とタカアキはわたしに言ったが、タカアキ自身がその言葉を裏切りそうになった。わたしはその言葉を守りたかったのだ、とイマムラユミコの妙になまめかしい腰を見ていて気付き、涙が出そうになった。別の世界で人はいろんなことに気付くのか、と思った。ふいに、イマムラユミコが振り向いた。そして、ある部屋を指差した。わたし達はポルトを少し飲み過ぎてエレベーターに乗るのを忘れ、スイートルームの並ぶ廊下を歩いていたのだった。その部屋の、ドアが少しだけ開いていた。灯りは点いていない。入ってみようよ、とわたしが言うと、イマムラユミコは一度、だめです、と首を振ったが、やがてニコリと笑った。わたし達は廊下に誰もいないのを確かめてから中に忍び足で入った。ドアをそっと閉める。ドアを入ってすぐ部屋が始まるわけではなく、玄関のようなホールがまずあった。すごい、とイマムラユミコが言った。ここだけでもわたしのアパートの部屋より広いわ。見つかったらどうしようと思いながら半開きになっていたホールの扉を開け、レースのカーテン越しに月明かりの差し込むリビングに入っていった。見つかったら、部屋を間違えました、と謝ればいい、と決めた。寝てるのかも知れない、と思ったが、人の気配は感じられなかった。部屋はきちんと片付けられている。灰皿に煙草の吸い殻はないし、飲みかけのグラスもないし、衣類や新聞や雑誌もない。ライティングデスクにも、二つあるテーブルの上にも誰かが泊まっていることを示すようなものは何もなかった。まさか、とイマムラユミコが言って、その声が少し大きかったので、しっ、と彼女の唇に触れた。女の子の唇に触れたことが今まであっただろうか、と考えてしまった。冷たくて、柔らかだった。バスルームで誰かが死んでるってことはないですよね。暗い部屋でそういうことを囁《ささや》かれると、本当にそういうシーンを思い描いてしまう。自分の胸が大きく波を打っているのがわかった。大丈夫だと思う、とわたしは言った。日本は治安がいいし、特にここは九州の田舎なのよ。だが、九州の田舎という感じは全然しない。レースのカーテンを透かして運河が見え、その向こうには先端に赤い灯りが点滅する塔がある。暗く、トロリと濃密に流れる運河の水面にさざ波が立ち、白いものが二つ漂っていった。白鳥です、見ましたか？　とイマムラユミコが目を輝かせて、言った。息を呑みながら、わたしは何度もうなずいた。レースのカーテンに重なった二羽の白鳥はまるで反転した影絵のように、輪郭が曖昧《あいまい》になって、それでもそれが彫刻や絵ではなく生きている鳥だということを示す暖かさと柔らかさで、ゆっくりと水面を滑っていった。今にも、お姫様に戻って水面でバレエを踊りだしそうだった。イマムラユミコは目を輝かせていて、わたし達はベッドルームへと入っていった。ベッドにはカバーがかかっている。クローゼットも開けて見たが何もなかった。並んで吊るされたハンガーから死体を連想してしまった。少し、横になっていいかしら、とイマムラユミコが言った。もうだめ、心臓が破裂しそうなの、それに少し飲み過ぎたみたいだし。セミダブルのベッドが二つ、ぴったりとくっついている。わたしは暗い部屋に目が慣れてきた。横になったイマムラユミコの耳許に唇を寄せて、いいわよ、少し休みなさい、わたしは死体がないかどうかバスルームを見てくるからね。ベッドから離れようとすると、だめ、とイマムラユミコがかすれ声を出した。お願いだから傍《そば》にいて下さい、わたし恐いんです。ベッドルームのカーテンは閉まったままだったので、そっと全部開けた。外の建物の灯りと、月の光が青白く部屋に入ってきて、ベッドに仰向けに倒れた女の子の足を照らし出した。苦しいの？　と聞くと、女の子は眉の間に皺《しわ》を寄せて何度もうなずいた。ブラウスの釦《ボタン》とスカートのホックを外し、靴を脱がせてやる。ね、このまま少し寝てもいいわよ、そう言ってわたしは人差し指でイマムラユミコの唇に触れた。やはり冷たくて、柔らかい。額に垂れた髪を脇にそろえてやって、カーディガンを脱がし、キスした。舌で唇をめくるようにして、歯や歯茎も舐《な》めた。二人の心臓の鼓動が早くなるのがわかった。乳房はどのくらい柔らかくて、乳首の大きさはどのくらいだろうと考えると、残酷で、そして懐かしい気分になった。うんと小さい頃、部屋で古い人形で遊んでいて首が急にとれた時の驚きと悲しみと不思議な快感。白のソックスを脱がすとペディキュアのない足の指が現われた。かすかな皮革の匂い、わたしはその足の指を舐めたくて息が詰まりそうになったが我慢した。ブラウスの釦を上から順に外している時、ティッシュ、ね、ティッシュ、と冷たくて柔らかな唇から囁きが洩れた。吐きたいのだろうと思い、抱きかかえてバスルームに運ぼうとした。シャンプーの匂いのする髪の毛に触れながら首の下に腕を滑り込ませると、違うの、違うの、とイマムラユミコは囁いて、わたしの背中に両方の手を回してきた。しっかりと目を閉じているが、睫毛《まつげ》が小刻みに震えていて、緊張のせいで肩や首筋が硬くなっている。そういう動きの中で赤いスカートの裾がめくれ、真白なひざと腿がベルベットのベッドカバーの上に露《あら》わになった。白い脚が濃紺のベルベットに起伏と皺をつくっている。彼女の顔を胸に抱きながら、その起伏をしばらく見つめた。窓から差し込む月の青白い光は、ちょうど額縁のある絵のように、区切られた長方形になって、ベルベットの上の女の脚を浮かび上がらせている。手を伸ばして、スカートの裾をさらに上げた。光沢のある厚い布地が濃い密度の液体のように見える。すべてを浮かせてしまうほどの濃度を持った紺色の液体、僅《わず》かにひざを折り曲げた白い脚、腿とふくら脛とその先の足、微妙にカーブの違う曲線がそれらの輪郭を形作っていて、わたしは足首のあたりから指でそのラインをなぞり始めた。何て不思議な曲線なんだろう、と溜め息が出た。触れるか触れないかというほどソフトに何度も指を滑らせていると、お願いティッシュを当てて、という囁きが聞こえて、その匂いが漂いだした。女のそういう匂いを嗅《か》ぐのは初めてだった。血とか内臓の匂いに似ている。ねえ、とイマムラユミコが耳許に唇を寄せてきた。喘《あえ》ぎに近い囁きではなく、小さいがしっかりした声だった。ティッシュを当ててね、そうしないとエイズが感染《うつ》るでしょう？　そう言って、脚のラインを動かす。匂いはさらに強くなっていく。皮膚のない、血と内臓だけでできている生きものが二本の脚が交差するところに潜んでいる。その生きものが呼吸しているのがわかる。ティッシュじゃないでしょ、とわたしは言った。ティッシュだったら染みてしまうじゃないの、サランラップみたいなやつでないとだめなのよ。背中に回っていた彼女の手を解《ほど》いて、わたしはスカートを脱がせた。こういう風にして、とわたしは想像した。こういう風にして男達は生きものの匂いを嗅ぎわたし達のからだを眺めていたのだろうか、時が経つにつれてその言葉の力を失いやがては言葉そのものも失ってしまう男達、あらゆる権利と衣服を剝《は》いでみな殺しにした方がいい。待って、もっといいものがあるわ、とわたしは言って、ポケットから財布を取り出し中から薄いビニールに包んでいた睡眠薬の錠剤をつまんだ。錠剤は要らない。薄いビニールはハガキくらいの大きさで、それをイマムラユミコの目の前でひらひらと振って見せ、その後、唾液で濡らした。脚を大きく開かせ、お尻の下に枕を入れ、パンティは脱がせずに細い部分をそこから大きくずらせた。その部分を両側に軽く引っ張って、ビニールを当てると唾と分泌物のせいで、べっとりとあっという間に貼り付いた。産毛に被《おお》われたおへそがゆっくりと上下に波を打っている。すぐには舌を触れさせずに、ぴったりと貼り付かせたビニールでそっと擦《こす》ることにした。一番敏感な部分のすぐ脇をビニールで摩擦できるように、V字の形にした指を動かした。イマムラユミコは片手で口を押さえ、もう一方の手でベルベットのカバーを握りしめている。脚を閉じて逃れようとしたが許さずにさらに大きく開かせた。お尻をよじって脚をばたつかせようとしたので、赤く跡が残るくらい強く太腿を打った。その音はスイートルーム全体に鋭く響いて、イマムラユミコは押さえていた自分の手を思わず噛《か》んだ。薄いガラス器にひびが入ったような音の後、お尻が汗を掻《か》きはじめた。その部分の肉を開きながら押さえているわたしの手がヌルヌルしてきた。汗の粒が見えるような気がする。舌を尖《とが》らせてそこをつつき始めた時に、生きものの呼吸が荒くなり、何かを求めて喘ぎだした。こっけいで、残酷で、悲しい動きだと思った。そのヒクヒクした動きに合わせて、ビニールが小さな音をたてた。ビニールを剝ぐと、だめ、エイズかも知れないから、と彼女が声を出した。いいのよ、とわたしは彼女の太腿の間から言った。そんなことはどうでもいいわ。やがて彼女は濡れた舌を歯の間からのぞかせて、両足を何度も何度も震わせた。

「あなたにも、してあげたい」

震えが収まってから彼女はそう言った。わたしはバスタオルを持ってきて、胸とお腹にかけてあげた。

「信じないかも知れないけど、初めてだったの」

女どうしが初めてだったのか、それともオルガズムが初めてだったのかわからなかったが、わたしは、と唇を重ね、髪を撫《な》で続けながら、いいじゃない、と耳許で言った。

別に、何も決めなくていいし、初めてってことを考えることもないわよ。

「エッチな匂いがする」

イマムラユミコは恥ずかしそうにそう言って笑った。だが男達の匂いはない。

「ね、早くここを出た方がいいんじゃないかしら、シャワーを浴びてくるわ」

そんなに急ぐことはないわよ、とわたしは頬や鼻やまぶたや首にキスし、汗で冷えたお尻を撫でた。

もう一度、さっきの白鳥を見たくない？　そう聞くと、彼女は、見たい、と子供のような表情になった。絨毯の上を、素足のまま窓際まで歩く。頬を寄せ合って、わたし達はずっと運河を見つめていた。

ムーン・リバー

僕は自分のことをボーイと呼ぶことが多い。

名前はあるがあまり使わない。名前を呼ぶような付き合いを持っていないせいだ。両親は特別な病気で入院している。恥ずかしい病気らしい。その二人の子供だということで僕もいつも変な目で見られるし、学校では苛《いじ》められたり、知らない人から殴られたこともある。それで学校にもほとんど行かなくなった。健康だけではなく、その他にもいろいろ失ってしまった両親だが、貿易の仕事をやっていて、お金は使いきれないほどたくさんあった。この二年くらいは父も母も病気が進行してしまって会うこともないが、まだ彼らのからだに赤紫の斑点《はんてん》ができる前に、僕の将来について話した。

お前は苛められるだろう、と父は言った。

でもお前はパパとママが病気になる前に生まれてきた子供だからパパ達のようになることはない、でも世の中はそうは見ない、それにパパとママはもう元のように元気になることはできない、ゆっくり死んでいくだけだ、だからお前はまだ十三歳だが、一人で生きていかなくてはならない、おじいちゃんとかおばあちゃんとかおばさんとかおじさんとかそういう人が一人でもいればよかったんだが、残念ながら一人もいない、パパは、別にこういう病気になったから言うわけじゃないけど、お前は世の中と仲良くする必要はない、お前は幸運なことに頭もいいしコンピュータのオペレーションではもう既にパパよりも上手だ、それとお金は心配しなくてもいい、自由に使えるようにしてある、香港とスイスの銀行とのデータ通信のやり方も知ってるだろう、学校へも行く必要はない、それより自分が学びたいと思ったことを勉強しなさい、それと新しい機種のマニュアルを読んで他の子供よりは上手だけど英語をもっと勉強して、英語だけは読んだり書いたり話したり聞いたりできるようにしておきなさい、一人で生きていくのはとても大変だろうけど、うまくやれたら素晴らしいものになるよ……

僕は一人で生き始めた。まず食事の仕度とかそういうことだけど、それは家政婦が来てくれるので問題はない。学校は一番面倒だったが父の知り合いの私立中学に籍だけを置いてもらい、イギリス人の教師に興味がある教科だけを習っている。第一には情報科学で、そこには当然数学とそれに少し物理も含まれる。それに基本的に授業は英語でやるから語学力もつくというわけだ。

家政婦は年寄りでひと月おきに替えるから話し相手にはならない。友達もいない。それは僕が友達を無理に作ろうとしていないからだし、同じ年頃の人とは話も合わない。イギリス人の教師は、いずれ良い友人ができるだろう、と言ってくれる。しかし、コンピュータ通信で知り合ったアメリカのロスアンゼルスの宗教家が言っていたように、人というのは自分だけで自分を確認することはできないようだ。自分を確認、なんてちょっと十三歳には難しい言いまわしだが、経験でわかった。土曜と日曜、イギリス人は来ない。家政婦は確かに人間で生物だから動いたり呼吸したりするけれど僕に言わせるとコンピュータよりはるかに不正確で情報のビット数も少ない、石とか煉瓦《れんが》とかタイルとかそういうものとあまり変わらない存在だ。だからまったく信号や情報の交換がない。土曜、日曜と、コンピュータ以外とは話さないでいると、脳がどこかわけのわからない場所をさまよっているような不安定な感じになってしまう。コンピュータ通信では会話ができるが、きっと距離感の問題だと思うのだが、脳がさまようのをつなぎとめることはできない。結局イギリス人と授業以外にいろいろな話をして自分を回復するしかないことになる。

「きのうは、何を食べたの？」

「海藻のサラダと、魚だったよ」

「お手伝いの人は料理が上手なのかい？」

「うん、それは条件の中に入ってるからね」

「牛乳、飲んでる?」
「ああ、言われたから飲んでるよ」
「ボクが言ったメーカーのものしか飲んじゃだめだよ」
「わかってるよ」

そういう話をするうちに、漂っていた脳が僕の頭、からだに戻ってくる。そういうことが自分を確認することだとわかった。そして、確認の方法は、もう一つあった。それが、自分を、ボーイと呼ぶことだったのだ。例えば、一人でずっと部屋にいて、キーを叩き、モニターを見るのに飽きた時なんか、自分で、声に出して呟くのだ。

ボーイは退屈していた……

だけどボーイは寂しくはなかった……

ボーイは音楽が聞きたくなってタンジェリン・ドリームを三曲聞いたのだった……

そう自分で呟くと、脳はやはりからだから出て行くが、さまよったりはしない。一定のところ、僕の頭の右斜め上、あたりにぴったりと停《と》まって、ちょうど対潜用のエコー・センサーのように神経をピンと張ってあたりをうかがっている。その状態は悪くない。そして最後に、

ボーイとは僕のことなのだった、

と呟くと、エコー・センサーの脳はぴたりとからだの中に戻ってくる。そういう時、右斜め上に浮遊しているのが「ボーイ」なのか、地上にとどまっているのが「ボーイ」なのか、僕はどっちなのか、わからなくなる時があって、自分をボーイと呼ぶ方法は一種危険をはらんでいるなと思ったりもしたが、一人で生きていくというのは危険の連続だとうんと昔幼児の頃読んだ本に書いてあったので他にチョイスはなかった。

一年ぐらい経って、イギリス人の教師が急に退屈になった。彼は僕の両親のような病気に対して偏見を持たない進歩的な考えの人だったが、僕がもうすぐ十五歳になろうとする頃に原子力とか密林からの酸素がどうのこうのというようなことを顔を赤くして言うようになった。そういう話を聞くのが苦痛になって、それでも代わりの家庭教師を捜すのは大変な手間が要りそうだったから我慢していた。我慢することは精神に負担をかける。その負担は、ボーイ・ゲーム、で解消する他はなくて、ボーイと僕はますます距離を増し、呼び戻すためにはかなりの努力を要するようになった。

そして、進歩派のイギリス人がマレーシアの密林の開発を止めないと世界で最も美しい猛獣である虎も絶滅するし酸性雨が降ることにもなると二時間以上もレクチャーして頭が痛くなった僕が「悪いけどもう帰ってくれ」と彼に言って、一人になり、「ボーイは……」と呟くと、ボーイだけが絨毯の上に立っていて、僕はどこにも見えなかった。それは奇妙な感覚だったが、ものごとを把握できなくなったわけではない。ボーイが立っている絨毯は病気になる前のママがお仕事で北京と上海に行った時に買ってきたものだ、ボーイはその上でこれからどうすればよいのか迷っている、ボーイは僕とまったく同じ格好をしているが自分で行動できるようにはプログラミングされていないので、僕が指示してやらなくてはならない……みたいなことはいつも同じなのだが、「僕」がどこにもいない、叫びたくなるくらい恐くなったが、「恐怖に捉われたら考え込まないでジョギングみたいなことでもいいからからだを動かすんだ」といつかパパが教えてくれたので、僕は、ドアを開けて外に出ることにした。しかし、「僕」はどこにも存在していないので出口に向かいドアを開けて外に出たのは、ボーイだった。

外は、異様だった。お月様がオレンジ色に膨《ふく》れ上がって、マシュマロマンとキングギドラが決闘していた、というようなコミカルな異様さではなかった。街灯はいつものように輝いて通る人の影を長く道路に伸ばしていたし、普段と変わらないカラリングのタクシーの窓の片隅には、

空車

という赤いライトの字があった。異様だったのは、空気の質感のようなものだ。「僕」はよく憶えているが、まだママが元気な頃の冬の日、外に遊びに出ようとすると、ママが「寒

いからセーターを着るのよ」と言ってくれて、ドアを開けた瞬間、冷たい風が僕のからだの輪郭をくっきりと際立たせてくれた。春が少し曖昧だが、冬にも秋にも夏にもそういう温度や湿度を含んだ空気の質感があるものだ。だが、ボーイが初めて一人で外に出たその夜は、まるで空気がサワークリームになったみたいだった。ドロンとしていて質感がない。マンションの部屋から扉を開けて外に出たはずなのに、どこか別のもっと巨大な部屋に入り込んだような感じだった。「ボーイ」が一人歩きを始めたからだろう、と僕は思った。ボーイは階段を降りて、舗道に立った。

「なまぬるい夜だな」とボーイは呟いた。そうボーイが呟いた瞬間に、「僕」は完全に消滅した。

ボーイは、この街を突破しなければいけないと思っていた。この街は実によそよそしい。何かわけのわからないものに支配されているに違いない。ボーイはタクシーに乗った。

「どこまで行きますか？」

と運転手が聞いてきた。運転手はまだ事の重大さに気付いてはいない。

「とにかく街を突破しなければならないんだ、できると思うかい？」

と、ボーイは言った。

「突破って、何か内戦でも始まったんですか？　ニュースじゃ何も言ってませんでしたよ」

「突破できなかったら大変なことになるんだ」

ボーイの言い方には説得力があった。切迫感、というよりも、ボーイが言葉を連ねるとその通りに街の景色が変わっていく、そんな感じの説得力だった。

「韓国の大統領が来てたからそういうので何かもめごとがこじれて誰かがクーデターを起こしたんですかね？」

「そんなことはどうでもいい、ほら前を見てごらん、封鎖線があるよ」

前方の道路上には、赤いプラスチックの円錐が並べてあった。ひとかたまりの警官と、オートバイを停められ大声で抗議しているレザーに身を包んだ若い男達。

「あれ、暴走族を停めてるんですよ」

運転手はまだ状況が呑み込めていない。

「違う、あれは警官と暴走族の衣装を着ている別の生物なんだ、車を停めちゃだめだよ、停めたらこちらに襲いかかってくるよ」

「だってあんだけ道路に拡がっているんだから停めないとあの人をはねちゃいますよ」

現場が近くなってタクシーは速度をゆるめてしまった。近づくヘッドライトに気付いて警官達もレザースーツの男達もこちらを見た。両方とも残忍な顔付きをしていて目が憎悪のために濡れて光っていた。

「スピードをゆるめたらだめだよ、停めたら襲われるよ」

ボーイはそう言い続けたが警官が赤いライトのついた棒を振って、運転手はヘッドライトを消しタクシーを停めてしまった。頭上で高架道路が交錯し、両側には枝と葉でふくれあがったまるで巨大なカリフラワーのような並木があった。いまにも溶けるのではないかと思われるほどねっとりと熱くなったバターみたいな色の満月が道路にあらゆるものの影を作り、生物の呼吸が大合唱のようにボーイの耳に届いた。レザースーツ姿の若者の一人が、オートバイの胴に固定してあった鉄パイプを抜いてオオオオオと大声を出しながらこちらに走ってきてタクシーのフロントガラスを叩き割った。フロントガラスにはまずカビのようなひびが入り、次の一撃で完全に砕けた。ボーイにはそういう風になることがわかっていた。レザースーツの男はなおも鉄パイプを振り上げて次の一撃を加えようとした。逃げろ、まずバックして、それからあの封鎖ラインを突破するんだ、とボーイは、驚きのあまり肩がガチガチになって動けないでいる運転手のからだを揺すった。他の、レザースーツや警官達もこちらへ向かって走って来た。早く逃げなければ連中から袋叩きにあって逮捕拘留され転向するまで拷問の日々が続くことだろう。運転手はボーイが肩を揺すり続け、逃げろと叫び続けたので、ようやく自分を取り戻し、タイヤをきしませて車をバックさせそのまま急発進して封鎖のラインを突破しようとした。車がバックした時にフロントガラスの残りがガラガラと崩れ落ち、再度鉄パイプを振り上げた男の一撃は空を切って、男はどうやら自分の足を痛めたようだった。ボーイの乗ったタクシーが封鎖ラインに向かったので二人の警官がそれを阻止しようとした。停まったら逮捕されるぞ、とボーイは叫び続けた。運転手も今度はスピードをゆるめなかった。向かって来たタクシーに対して一人の警官はジャンプして身を避けたが、もう一人はよけきれず、バンパーで太腿から下を撥《は》ね上げられ、体操の床運動のフィニッシュのように低く宙に舞ってから地面に転がった。

タクシーの運転手は封鎖ラインを過ぎてしばらくしたところで車を止め、わけのわからないことを呟きながら、ドアも閉めないでどこかに歩いていった。

ボーイも車を降りてなるべく人通りの少ない方へと歩きだした。ボーイにはそこがどこの通りなのかわからなかったが、その夜の東京は月にしても街灯にしてもネオンサインにしても通り過ぎる車のライトにしても光量が増えていてしかも光が赤みを帯びているのだった。ボーイはその赤みがかったイルミネーションが不気味で、ライトのないところ、道路の傍に黒く拡がっていた樹木の群れの方へと進んでいった。きっと周りは敵ばかりだが、とボーイは思った。世の中がどうなっているのか誰かに聞いて情報を得なければならない……

人影を避けて樹木の間を進み、満月が中央に光の帯をつくっている大きな池の前に出た。ベンチがあって、その上には抱き合ってお互いの舌を吸い合っている男と女がいたが、そういうのは敵のスパイに違いないので用心深く避けて水の際沿いにゆっくりと身を低くして進んだ。

「あなたも逃げて来たの？」

と、白い衣装を着た、痩《や》せた女の人に突然声をかけられた。女の人は池の縁の柳の木の傍に立っていた。ボーイは、三カ月ほど前のアメリカ、アイオワに住むアルコール依存症の初老の男性とのコンピュータ通信を思い出した。「日本ではゴースト（幽霊）は必ず柳の木の下に現われるっていうのは本当か？」とその初老の男は言ったのだ。ボーイはそういう日本の伝統的な常識はまったく知らなかった。「それに日本の幽霊には足がないそうだね」初老の男が続けてそう言ったことも思い出して、柳の傍に立つ女の人に足があるのを確認した。

「ね、あなたも逃げてるんでしょ？」

女の人はそう聞いて、ボーイはうなずいた。

「まだ、子供なのに、大変ね」

女の人はそう言いながらボーイに近づいてきて、傍のベンチに腰を下ろした。一緒に坐《すわ》るよう勧められて、ボーイも並んで坐った。そのベンチからは池の中央の月の光の帯がよく見えた。他のあらゆるイルミネーションは、汚い肌の陽焼けとか、酒を飲み過ぎた太った男の頬とか、田舎芝居の女優の頬紅とか、瀕死の老人の充血した足の裏とか、そんな感じで赤みがかっているのに、池の表面にできた月の光を映す光の帯だけは美しく白く輝いていてボーイの気分を安らかにしてくれるのだった。

二人はしばらく黙って月の光の帯がかすかに風に揺れるのを見つめていた。

やがて話しかけたのはボーイの方だった。ボーイはそんな自分が不思議だった。家政婦は毎日来て食事の仕度をしてくれて、ボーイが下顎《したあご》と上顎でハンバーグやメンチカツを噛み砕いている時も傍にいてくれるが、タイルや煉瓦や敷石と同じだから、話しかけようなどという気にはならない。英国人の教師にしても、自分から離れた「ボーイ」をつなぎとめるために、ガムテープをぺったりと押しつけるような感じで口を開くだけだ。

しかし、その白い衣装の女の人は違った。ボーイの中の何かがその女の人の中心に向かって吸い寄せられていくようだった。パパやママにたいしてもそういうことはなかった。ボーイが論理的なお喋りができるようになった頃、二人は既に入院していたせいもあるのだが。

「あなたのことを何とお呼びすればいいんでしょう」

と、まずボーイは聞いた。

「どうして?」

と女の人はボーイの顔を覗《のぞ》き込んだ。

「あなた、とか、おばさん、とかいろいろあるでしょう？　おばあさんでもいいわよ、怒ったりしないわよ、だって本当におばあさんなんだから」

ボーイは、女の人が自分の名前を教えたくないのだと思ってがっかりしたが、この人と話をしたいという思いは消えなかった。

「もし、失礼でなければ、お名前を教えていただきたいんです」

勇気を奮い起こしてそう言った。

「名前ね、いろいろあるわよ、まずトモヨ、でしょ？　それからハルヨでしょ？　アキコとかヨシエっていうのもあるし、イングリッドとかルビンスカヤっていうのもあるわ」

女の人は微笑みながらそう言った。

「たくさん名前があっていいな」

とボーイは言って、自分でもなぜだかわからないくらい突然に泣きだしてしまった。そして、そうやって涙を流し声を震わせてそれでも何とか言うことを聞いて欲しいと必死に思ったのが本当に幼児の頃以来だ、と自分で妙に懐かしく感じながら、「ボーイには名前がない……」とこれまでの自分のことを一気に喋り始めた。ありとあらゆることを話した。両親やコンピュータのことはもちろん、ボーイと自分の関係、イギリス人の教師のこと、最も新しく購入したマシン・システムから左足首にある火傷《やけど》の跡のことまで、自分のすべてを話した。

その話が終わる頃、ボーイは声がかれ最後はささやきに似た話し方になり、月の光の帯は池の表面の中心からずっと端の方へと移動していた。すべてを話し終えた時、女の人はボーイの肩を抱いてくれていた。

「もう誰も知ってる人はいないけど」

と女の人は言った。

「わたしはバレエをやっていたの、バレエは知ってるわね？　バレエというのはきっと人類にとって最も苛酷《かこく》な訓練を強いるものだと思うの、わたしは限界まで、限界っていうのは、肉体とか、年齢とかそういうのの限界なんだけど、そうやって何ものも寄せつけないほど自分をきたえたのよ」

女の人の少しかすれたソフトな声は、空っぽになったボーイに、冷たくて心地良い夏の雨のように届いてきた。女の人の痩せて青白い手と共に、ボーイはその声にも包まれることになったのだ。そういう感触は、ずっと忘れていて、もう二度とないだろうと自分にあきらめさせていたものだった。

「その後、わたしは神経をおかしくしたの、自分で、おかしいとわかっていれば異常ではないとよく言うけど、おかしいとわかっていてどうしようもできないことってあるものね、あなただってそうでしょ？」

ボーイはうなずいて、あなたみたいに強い人がどうしておかしくなったのか、と聞いた。

「これよ」

と、女の人は髪をかきあげて、イヤリングを見せた。

「これをくれた人が、わたしを揺り動かして、わたしを変えてしまったの、わたしは、骨とか筋肉が硬くなっていくという年代に、その人に会ってね、世の中にこういう人がいるのかと感動したわ、いろんなことを知ってる人でね、あなた、オーロラって知ってる？」

ボーイはまた涙が乾き始めた目を伏せながらうなずいた。

「その人はアラスカの最北部でオーロラを見たんだって、イヌイットが、オーロラを自分の方に呼び寄せる方法を教えてくれたそうよ、どういう風にやるんだと思う？　イヌイットが言うには、昔からオーロラは神の聖なる使いの犬だって言われてきたらしいのね、オーロラは犬なの、だから口笛を吹くんだって、口笛を吹くと、彼方の山々の稜線にあったオーロラがヒューッと自分の頭の上を駆け抜けて行くんだって、わたしはね、その人が雪と氷の原野に立って、口笛を吹いてオーロラがその人の周りを飛んでいくところが、はっきりと頭の中に見えたの、何て美しいんでしょうって、からだが震えたわ。

わたし達は、誰もが考えもつかないようなやり方で、世界の果てまで、快楽のリミットまで、遊び回ったの、その人が、わたしを変えてしまって、その人自身も変わってしまって、二人共、破滅したけど、もちろんわたしは何の後悔もしてないの、残ったのはね」

と、女の人はイヤリングを指差した。

「このプラチナのイヤリングだけよ、色が変わらないし、このイヤリングの周りの小さな小さな世界だけがそのままで、わたしは今でもその小さな世界で生きているのよ、『おばあさんになっても、ずっと使うからね』と、わたしは言ったわ、その人がこれをくれた時にね、だから、今でもこうやって決して離さないんだけどね」

それは、長方形でも台形でもひし形でも平行四辺形でもない、四角形のラインでできた不思議な形をしていて、月の光を反射してかすかに白く輝いていた。確かにその周りには、小さな世界があるようだった。

イヤリングに、そっと触れさせてもらいながら、ボーイは聞いた。

「誰にでも、そういう世界を持てるんですか？」

あなたは子供だからそういうことを考えてはいけないわ、と女の人は言った。そして、池の表面の、月の光の帯を指差した。

「あれのことをね、ムーン・リバーっていうのよ、わたしは、その人のね、オーロラのことを思い出す時、いつもここへ来て、ムーン・リバーを見ることにしてるの、『ムーン・リバー』っていう有名な歌もあるわ、ヘンリー・マンシーニが作った甘くて美しい曲だけど、歌の歌詞は案外苦いのね、あなたがこれからどうすればいいか、それはわたしにはわからないわ、でも」

でも、と言って、女の人は、片方のイヤリングを耳からゆっくりと外した。

「一つしかあげられないけど、これをあなたにあげましょう」

そんな大切なものを貰うわけにはいかない、とボーイは言った。

「一つだけでも残ってればいいのよ、わたしには」

と女の人は微笑んだ。

「この公園の外の醜い舞台で、苦しんでいるのはあなた達と、わたし達かも知れないわ、だから、共に戦い続けるために、これを一つずつ持っていることにしましょう、他の連中みたいになってはだめよ、まともになろうなんて思っちゃだめ、いつかあなたもオーロラを見るかも知れないし、そのことを誰かに語るようになるかも知れないわ」

そう言うと、女の人はベンチから立ち上がって、樹木の間の闇の中に消えていった。

夜が明けて、ムーン・リバーが池から姿を消した時、手の平の中にイヤリングがあって、あらゆるものがその白い輝きに吸い込まれていき、ボーイが僕の中に戻ってきた。

イヤリングを握りしめて歩きだした僕は、ずいぶん遠くへ行っていたよね、とボーイに語りかけた。

マナハウス

信号が入ってくる時はどうもニュートラルになっているようだ、ニュートラルって言葉はあまりあたしは使わない、使うのはあいつの方だ、そういう時ってさあオレの気分は常にニュートラルになってんだよ、あいつはそういう風にニュートラルという言葉を使う、あいつとの他の話題でもそうだが、あたしはその意味がわからないままにニコニコ笑いながらいつもうなずいていた、自分のことを本当はバカだと思われないようにした、あたしはよく言えば女優の卵、悪く言えばほとんど何でも声がかかればレポーターでもテレドラの端役《はやく》でも演歌歌手のリサイタルの舞台の通行人でもぬいぐるみショーの司会でも何でも断わらないで引き受けるタレント、もっと悪く言えば平均より少し身長があって笑いたくない時でもお金さえ貰えればすぐに笑顔をつくる最低の女、だった、最低の女だと言ったのはあいつで、そう言われる前のあたしは夏は海へ行き冬はスキー場へ行ってナンパしてくる若い男や中年の男に心の中で値段をつけ高いのが当たるとそれだけで大声で三日間はしゃぐようなそんな女だったのだ、あいつと知り合った頃は六本木のミニクラブで赤く染めた髪をライオンの牡のようになびかせながらアルバイトをしていて、その店にはよく有名人や医者やプロ野球の選手が遊びに来た、どこか名前も知らないプロ野球チームのショートだかレフトだかの右手の薬指にプラチナのリングをしたからだの大きな若い男と背骨の一番下が外れそうになって両脚を合わせるとあそこが痛くなるくらいセックスをした次の次の日、有名なタレントと一緒にあいつが店に来てあたしが付いた、その有名なタレントはニューヨークのダンススタジオの話をしてあいつもニューヨークのすし屋とかスラムとか写真家の話をして、他にテレビ局の人が二人お付きみたいな風にいて上手なあいづちを打ってあたしはロスまでは行ったことがあるけどニューヨークは雑誌とか映画でしか知らなかったので、どちらかと言えば地味な顔立ちで化粧もほとんどしていないその有名タレントの顔をチラチラ見ながら意味のない笑顔を浮かべてずっとうなずいていた、あいつはそれほど大きくなくて目だけが鋭くて痩せていてあたしはそれまでずっとからだの大きな男が好きだったんだけど、あたしが何か今自分は自分の可能性を捜してるんだというニュアンスのことを言った後にあいつが急に怒りだして、お前なんかクズなんだ可能性がどうのこうのってそういう偉そうなことを言うな、と大きな声を出した時、わけがわからずに片方の胸の奥が震えて涙がにじんでしまって、普通だったらそんなことを言われてもふざけんじゃないよって開き直れるんだけどあいつの目を見ていたせいかも知れないけどできなくて、不思議なことにあいつから好かれたい好かれるためだったら何でもすると思ってしまった、その日あいつが言ったことはたいてい今でも憶えている、天才にはすべてが許される、とあいつは言った、もちろんオレは天才じゃないし本当はこの世に天才なんかいないかも知れない、でも可能性なんていう言葉はそういう厳密な言い回しの中だけで使うべきもんなんだ、お前なんか顔もきれいじゃないし顔はどういう意味合いで言ってもどんな基準で言ってもお前はきれいじゃない平均よりも身長があって笑いたくない時でも笑顔がつくれるっていうだけの最低の女だ、自分は最低だってことを自覚しなきゃだめだ、お前は最低なんだ、そう言われてあたしは声を上げて泣いたがその夜は誰もなぐさめてくれなかった、あたしが苛められているというより、何かいつもとは違うまじめな雰囲気が店の中に漂っていたのだった、次にあいつは一人でやって来てあたしを指名しヨットのことや魚釣りのことアフリカのことなんかを話してくれた、この前は悪かったな、なんて言わなかったし、あたしも言って欲しくなかった、店の中でもけっこうお酒を飲んで店が終わってから二人だけでまたお酒を飲みに出てあいつはカウンターだけのバーが好きみたいで四軒か五軒そういうバーでカクテルを飲みあたしは気分が悪くなったフリをしてあいつが赤坂のホテルをとりあたし達はシャワーも浴びずに裸になって飲み過ぎで全然大きくならないあいつのあそこをずっとくわえているうちに会って間がないのに長い時間フェラチオしたりして嫌われないだろうかと心配になったがあいつは途中で寝てあたしはその寝顔と大きくならないあそこを交互に見ながらオナニーをしようかなと思って実際に五秒ほどしたけど途中で寝てしまった、あいつは好きな時に電話であたしを呼び出すようになり、原宿のキデイランドや大磯ロングビーチや沖縄やグアムやシンガポールや香港にあたしを連れて行ってセックスの前と後に愛してるよと言うようになってあいつ以外の男に好きな人ができたよと言ってあたしはあいつだけを待つようになった、あいつはもちろん結婚していてそのことは気にならなかったが一年くらい付き合っているうちにあたしの他に決まった女がいることに気付いた、どんなバカだって気付くだろう、ホテルを二日予約して一日目にあたしと会い二日目の午後にきょうは仕事だからとあたしを追い出すのだ、そして夜はずっと仕事をしているから決して電話をしないようにと言ってタクシー代だと一万円くれたりした、あいつの友達のKという人に電話するとその日に会ってくれてあたしが泣くとKという人はあきらめろと言った、愛人の一番、二番なんて争ったってしょうがねえだろう、お前そんなにがんばってるんだったらあいつの女房のとこ行って来い、吉祥寺の公園の傍のマンションの十一階だよ、女房と対決して離婚させて結婚しちゃえばいいじゃねえか、その夜はあきらめたが次の機会にあたしは酔って深夜ホテルの部屋のドアを叩いた、ドント・ディスターブの札がかかっていたので絶対に女と二人であたしとする時と同じようにやっているんだと思って最初は手でその後ハイヒールの踵《かかと》で叩いていたらガードマンがやって来て腕をつかまれたがあたしは大声を出してあいつの名前を呼びドアを蹴った、他の部屋の人もドアを開けて顔を出して、あたしが見世物じゃねえんだよ引っ込んでろと怒鳴るとあいつの部屋のドアが開いた、あいつが顔を出してガードマンに謝りあたしを部屋に入れた、女はどこなんだよどうせバスルームにでも隠してんだろうがと部屋に入っていったが女はベッドの上にいて目だけがあたしを見ていてベッドの横に車椅子があった、車椅子の上にきちんとたたまれた女の服があって、あいつは慌てて着たのがすぐわかるような着方でズボンとYシャツを着ていて、あたしはベッドの上の女が被っているシーツを剝いでやろうかと思ったけど、車椅子を見て、もしもの時のことを考えてできなかった、ベッドの女は、キラキラした濡れた瞳であたしを見ていて額の生え際のところに掻いた汗がよく目立って時々開く口の奥に金歯が見えた、あいつもベッドの女も全然喋らなくて、あたしがちくしょうちくしょうちくしょうと唇を嚙んでいると失礼しますとガードマンが入って来てあたしを連れ出そうとした、あたしは肩をつかまれて部屋を出た、あいつの部屋から遠ざかってエレベータホール近くまで来た時かすかに女の笑い声が聞こえて頭の後側が凍りそうになった、外人の女の笑い声のようでもあったしあの車椅子の女の笑い声とは限らないのだがあたしは汗臭い制服のガードマンに抱きつきたくなるほど恐ろしかった、それ以来妙な時に耳の裏側あたりから女の笑い声がかすかに聞こえてくるようになり、青森のイタコとかバリ島のホワイトマジックとかハイチのゾンビ・ブードゥーとかに詳しい店のバーテンに相談すると、それは霊媒として遅いデビューをしたか、そうでなかったらただの精神分裂病だと教えてくれた、いつもいつもその笑い声が聞こえるわけではなかった、例えば店の女の子達と大笑いしてそれも頭の脳みその芯がしびれるくらい大笑いした直後とか、二日酔いでトイレに入って急に夕陽が差し込んできた瞬間とか、『ドクトル・ジバゴ』の映画をレンタルビデオで見ていてラストにジェラルディン・チャップリンが遠景になってバラライカを肩にかけた時とかオナニーでいく直前とか枯れた葉っぱがビルとビルの間にかたまってザワザワ動いているのが視界の隅に入ってきた時とか、モッくんの歌を聞いててふっと他のことを小さい頃図画の時間に描いた愛鳥週間のポスターのことを考えてどうしてこんなことを考えるんだろうと気味が悪くなってまたモッくんに意識を向けた瞬間とかそういう時に聞こえてくるのだった、精神分裂病は恐かったので自分は霊媒なんだと思うことにした、それも本当の霊媒にならなければいけないのだと決めていろいろな本を読んだ、昆虫の死骸をよく磨いた大理石の上に置いて自分が充分に意識を集中できる言葉を選びそれを何十回何百回と呟き昆虫の魂が発する波を捉えそれを言語に翻訳すること、なお昆虫は死んでから間もないものが望ましい、冬の初めだったけどあたしは蛾や蝶を捜した、もちろん蛾も蝶も見つかるわけがなくてこおろぎなのかかまきりなのかゴキブリなのかわからないバッタのような黒い虫を捕まえて大理石の上にセロテープで貼り付け自然死するまで待った、ホテルの部屋のドアをハイヒールで叩いてからバッタを捕まえるまで一カ月半が経っていたがあいつからは何の連絡もなかった、Kという人に二度電話したが一度目は海外に行ってると言われ二度目は君に対してひどく怒ってるんだと言われた、四匹目のバッタからやっと小さな声が聞こえてきた、バッタの霊は、最初シュルシュルシュルシュルと蛇が草むらを這う時のような音を出していたがやがて、喋った、
もらった、
もらった、
もらった、
もらった、
何をもらったの？　とあたしは何十回何百回と聞いたがバッタの霊はそれっきり返事をしてくれなかった、でも霊の声を聞けてうれしくてあたしはいろいろな昆虫を集めてきては聞いた、どんな昆虫でもよく注意してつまり雑念を払って集中すれば何かを喋っているものだった、そう、ニュートラルな時に死んだ虫達の信号は聞こえてくるようだった、
手をつなごう
手をつなごう
手をつなごう

これは大理石の上にびっしりと貼り付けた蟻達、
ニュージャージーの大きな毛糸屋
ニュージャージーの大きな毛糸屋
ニュージャージーの大きな毛糸屋
みのむし、

カワサキシュンタロウセンセイとヤマムラカズコセンセイとサクラザキノボルセンセイとナナノユウゾウセンセイとスミヤミキオセンセイ、からだ中に細かい毛の生えたバッタがそう言ったのだが回数を重ねるうちに聞こえてくるお喋りもどんどん長いものになっていくのだった、デパートのペットショップから鳥やハツカネズミやハムスターを買うようになって、もちろん大理石の柄もそれに合わせて大きなものを用意して、高等動物なので会話ができるようになった、人間の本当の声を聞くと集中力がにぶくなるような気がしたのであたしは自然にクラブを辞め時々自動車ショーのコンパニオンとかテレビドラマの雨に濡れてずっと立ってる役とか地方のスーパーのチラシ写真とかそういう仕事を世話してくれていた事務所にもまったく顔を出さなくなった、

始まった、

何が始まったの？

始まったんだ、
何が？　誰にも言わないから教えて、
僕達の歴史のようなものだよ、
歴史？
チチカカ湖から始まったんだ、
どういう風に始まったの？
ただ始まっただけだ、
みんな一緒なの？
誰もがアイスクリームを欲しがっている、
そんなところにアイスクリーム屋があるの、
でも全部溶けかかってるんだ、
そこは暑いのね、
最初から溶けかかっている、初めから、
それを買っちゃだめよ、
トイレに捨てようとしてるんだがべっとりと箱にねばりついてどうしても捨てることができないんだ、

早く捨てなさい、

誰も捨てることができない、

死んだ小動物達とそういう会話ができるようになった頃、あいつから久し振りに電話があった、いつものホテルのロビーに来てくれ、大事な話があるんだ、あたしはあの日車椅子の女がきちんとたたんで脱いでいた洋服にできるだけ似たやつを選んでそれを着て出かけることにした、ホテルのロビーにはあいつとKがいて笑いながら何か話していたのであたしはこれは別れるとかそういう深刻な話じゃないんだと安心したが、あたしを見たKが、こんな日におしゃれしてきやがって、と言ってまた不安になった、わかってやれよあいつもすげえ大変なんだからな、とKがあたしの頭をポンと叩いて席を立った、何か食いに行こう、あいつはKがいなくなってから急に真剣な顔になって言った、六本木の「マナハウス」はあいつが深夜に何度も連れて来てくれた店だった、メニューはなくてね全部おまかせなんだけどね全部信じられないくらいおいしいの有名人もけっこう来るみたいあたしまだ会ったことないけど、みたいなことをクラブの女の子に何回も自慢したことがあって本当にトイレに貼られたミラーから食器やワインクーラーの一つ一つに至るまでおしゃれなお店だった、最初に小さなサラダが出て名前を知らない少し苦みのある葉っぱを齧《かじ》った時、死んだハムスターに似た声であいつが言った、何の話を今からするかわかるだろう？　うんと遠くから聞こえてくるような感じがして、あいつのあそこと腋《わき》の下の匂いとあいつから好かれたいと思ったあたしの気持ちは本当に自分でもよくわからない自分の内臓とか筋肉とかあそこのねばねばした汁とかそういうところから出てきた真実のものなんだとわかってほっぺたがカーッと熱くなるのがわかった、どうすればいいだろうと考えてまだあの時のことを謝っていないと思い出して白ワインを飲みどうやって謝ろうかと言葉を捜していると、まあお前もよくわかってるだろうから難しい話は止めて最後のディナーなんだから昔話でもして楽しくやろうぜ、と言って笑った、ずるいよと言おうと思ったが冷たいクリームスープがそっと目の前に差し出されてそれを一口飲むとず・る・い・よという音が口の中で消滅してしまった、クリームスープとずるいよという言葉が磁石のSとNみたいに引かれ合ってゼロになったのだと思えた、グアムでウインドサーフィンしたの憶えてるか？　お前髪なんか染めてるからけっこうできるのかって思ってたらまるっきりだめでどんどん沖へ流されて心配したけどあれは楽しかったな、あの旅行の時オレは何度も言っただろう？　これは完璧な一日だって、あれは別に嘘じゃないよ、あれは今でも完璧な一日だったと思ってるんだ、何も余分なものがなかったもんな、何ていうかオシッコの一滴一滴までが完全だったよ、あいつは冷たいクリームスープを全部飲んで、次に出たくり抜いたカブの中にミートソースのようなものが詰まっているやつを食べ始め、あたしは残された時間の量がちょうど冷たいクリームスープやカブとミートソースの容量と同じような気がしてきて、あたしのことを最低の女だと言ったままじゃないよう、セックスする前と後に愛してるって言ったけど最低の女だって言ったのはそのままじゃないよう、とあたしがクロロホルムで殺した時のハムスターの声みたいな声で泣きたくなったが、あいつが、な、楽しかったよな、と言うので、泣かずに笑顔をつくってバカみたいにうなずいた、お前はシンガポールでもヘマばっかりしてたよな、あのアヒルとかいろいろ食わせるゴチャゴチャしたマーケットみたいに屋台が並んでいるところがあったろ？　あそこで転んでカニの頭の上に尻もちついたの憶えてるか？　こうやって喋ってると何も変わってないような気もするが、妙なもんだな、今でもお前の尻からあのカニの匂いが匂ってくるようだよ、あたしは何を言えばいいのか考え過ぎて混乱したあげくに、あの人が奥さんなの？と言ってしまった、あのミートソースを詰めたカブの最後の一切れを口に入れようとしていたあいつの手がレーザーディスクの映画の一時停止ボタンを押した画面のようにピタリと残像なしで止まった、あいつの舌があいつの唇を何度も舐めて、こめかみに血管が浮き出た、あのな、オレは別に何の連絡もしないままお前を放っといても誰に文句を言われる立場でもないんだよ、オレが何か悪いことをしたか？　結婚するってお前に言ったか？　お前は酒場のホステスだぞ、会社勤めより酒飲むだけで高い金とってるんだろうが、裸になって脚を開いたくらいで何かが変わるなんて思うなよ、そんなに大切なおまんこだったら腹巻きを二重にして大切にしまっといてさ、ヘラヘラしなだれかかったり酒とかメシをおごって貰ったりするなよ、最初からプライドとか持つな、金は用意してきたよ、百万だ、安いとごねる気だったらオレの弁護士に連絡してくれ、法律のことはよく知らないがお前には神の前で何の権利もないんだよ、あいつはミートソース詰めのカブの残りを食べずに下げさせた、次に、ホイル包みのサーモンとシャンピニオンが来て、あいつはホイルを破ろうともしなかった、あたしはホイルを一文字に切り開き、シャンピニオンの香りを思いきり嗅いで、あの人は足がないの？　と聞いた、聞いた後で気付いたのだがあたしは少し笑みを浮かべながら話しかけたようだ、何言ってんだバカ野郎、からだが弱いだけだよ、変なこと言わないでくれ、あいつはフォークもナイフもテーブルの上に置いた、からだが弱いから車椅子を使ってるの？あいつはうなずく、からだが弱くてもあれはするのね？　あいつはあたしを最初に会った時と同じ目で睨《にら》んだ、あの人の目は濡れたみたいにキラキラ光ってたじゃない、あなたは男だから知らないかも知れないけどいった後って女はああなるのよ、あの人はあの時いった後だったんじゃないの？　あたしが逆上して睨みつけても平気だったもんね、あの人にも愛してるって言うの？　入れる前と抜いた後に言うの？　サーモンにはレモンの他に何か隠し味があって本当はそれが何か考えていたのに全然別のことがどんどん口から出てきて、あたしは死んだ自分が霊媒に向かって喋っているような気がしてきて、じゃあこのサーモンが霊媒なのかなと思って、じゃあ今あたしは霊媒を食べているんだと思うとわけがわからなくなって次から次に、まるでサーモンとシャンピニオンのひとかたまりが喉を通過する度に代わりにひとかたまりの言葉が出ていくような感じで、喋り続けた、あの人けっこう年とってるわよね、どこが悪いの？　からだが悪いってどこが悪いのよ、ねえ本当は足が不自由なんじゃないの？　あたし昔有名な話を聞いたことがあるのよ、スケート場での話でさ、ある男が転んでしまった女の子の指の上を滑ってしまって、その女の子の指を三本切って、その男と両親がその女の子の家に行ってとんでもないことをしてしまいましたって謝って娘さんの将来を台無しにしてしまったのでその責任をとって婚約しますって言ったらしいんだけどあなたその話知ってる？　イケイケの女がハワイに新婚旅行に行ってハネムーンベビーが生まれたら黒人とのハーフだったって話と同じくらい有名なんだよ、バカにしてるでしょ？　そしたら簡単じゃんねえ、結婚したがってる男はターゲットの女がスケートに行くのを狙って指を切っちゃえばいいんだもの、あなたもそういう風にあの女に責任があるわけ？　あなたが仕事柄連れ歩いてる女とはあの女は人種が違ったじゃないのよ、本当はああいうのがタイプなの？　ああいうのってイトーヨーカ堂の足袋《たび》のバーゲンセールで開店を並んで待ってるような女だけど奥さんもああいうタイプなの？　ちょっと可哀想な感じの女だけどああいうくたびれたタイプの女でも入れる前に愛してるよって言うの？　そいであの女はずっとあなたの陰の女でいいわって趣味はカラオケですって感じで言ってるのね、サーモンとシャンピニオンのホイル包みの次に手の平の半分のそのまた半分くらいの大きさのテンダロインステーキが来て言葉がどんどん出ていく代わりにいくらでも食べられて、あいつを見るとミートソースのカブ詰めから一口も食べていなかった、あいつはあたしをクロロホルムを染み込ませたガーゼを押しつけられる時のハムスターみたいな吊り上がった赤い目で睨んでとにかくこのディナーの間だけあたしの言葉に耐えようと決めたようだった、当り前のことだが、死んだ牛のごく一部だし焼いてあるしソースもかかっているのでステーキからは牛の霊の言葉は聞こえなくてただ牛の肉の匂いだけがしてその匂いはあいつのあそこや腋の下の匂いと似ていて肉を奥歯で嚙み砕きながらあいつの匂いを取り戻すことはもう絶対にできないんだと思うとどこまでもどこまでも他の人間に残酷になれるような気がした、あなたには知らせてなかったけどあたし本当は霊媒の能力があるのよ、死んだ虫の声とかあの世に行ってしまった人の声も聞こえるの、あなたがあの世でどういう評判か聞かせてあげようか？　と言うとあいつの顔に怯《おび》えによる歪みが現われて、それがあまりにも心地良い眺めだったのであたしは思わず肉の皿を指差して、おいしい、と言った、客はあたし達の他に二組いたがその二組ともおいしいというあたしの声でこちらを振り返った、ステーキの後に特製のハヤシライスが出てあいつはもちろん口をつけることができなかった、あの世での自分の評判を気にしてるんだろうと思った、あいつはコーヒーを頼み、あの女性のことを悪く言うのは止めてくれ、お前には関係ないしあの人は生まれつき人を憎むとかねたむとか知らない天使みたいな人なんだ、オレを呪うのはしょうがないがあの人を呪うのは止めてくれ、そう言ってもっともっと怯えた顔になってあたしを見た、呪いをかけるって言ったんじゃないよ、ただ霊の声が聞こえるって言っただけだよ、そいつのまわりの他人がそいつを形造るってあなた言ったじゃない、神に誓って言うけどあの女とあたしは無関係じゃないよ、ハヤシライスを全部平らげながらあたしは言った、悪いけどオレはもう出るよ、もう話すことはない、あいつはそう言って青い顔をして立ち上がり、最後に金とKと弁護士について短く話して店を出て行った、一人になったとたん、大理石にセロテープで貼られたバッタの声がリフレインしてきて頭の骨の内側をグルグル回っているような感じになった、バッタは、同類、と言っていた、バッタだから言いたいことをうまく文章にできずシンプルな熟語で伝えてくるのだ、同類、同類、同類、同類、同類、同類、同類、もういいよ、とあたしは脳みその中でもがいているバッタに言って、えんえんと幼稚園の子みたいに泣きださないためにあたしはバッタやハムスターの声を聞いていたんだと気付いた、泣く時が来たようだといつか伊豆で溺《おぼ》れてあきらめかけた時と同じような感じであきらめた瞬間、ね、デザートでも食べる？　と店の人に声をかけられた、それが何のことか、その人が誰なのかも一瞬わからなかった、でも、その店のマスターはほんの少しだけ微笑んで、その他には何の表情も示さずに、アイスクリームケーキおいしいよ、とあたしに言ったのだった、泣こうとするのを中断して、いただきます、とあたしが答えると、あちらに坐り直しといてよ、運んであげるから、と、入口に近い、バーの方を指差して椅子を引いてくれた、あたしはレストランよりはグッと照明の落ちたバーの方に移って、一番隅のソファに坐って、アイスクリームケーキを待ちながら、あいつはこの店の常連であたしはそうじゃない、と考え、あんなにひどいことを他の客がいる前で大声で言ったのだからこの薄暗がりできっと文句を言われるだろうと覚悟した、あたしが坐っているソファには小さなテーブルの上のアール・ヌーヴォーのライトスタンドから洩れてくる黄色味がかっていて柔らかな光が斜めに差し込んで中学の美術の時間にずっと飽きずに眺めていた誰かの聖母の像を思い出してこの店に来たのは五回目だけどここに坐ったのは初めてだと思ってここはあの大理石の柄の上ではなくまだ生きている人間が避難する場所なのだということがわかった、それがわかった時に、コントロールできない感情が液体になってどこかの穴から出るというニュアンスでなく、プールに入る前に浴びるシャワーのような感じで涙が出てきた、アイスクリームケーキが運ばれてきて、あたしが一口食べるのをじっと見ていた店のマスターは、また微笑んで、おいしいでしょ？　と聞いた、その他には何も言われなかった、はい、とあたしは答えた、マスターがまたいなくなってどうしてあたしは文句を言われなかったのだろうと、虫達の声を聞く時のようにニュートラルになって集中してヴァニラとチョコとスポンジケーキが三重の渦巻き模様になっている大理石より冷たいけど大理石の一万倍優しいアイスクリームケーキを食べながら涙のシャワーを浴びて、考えた、信じられないことだったけど、どう考えても答えは一つしかなくて、それは、あたしが最低の女じゃない、というものだった、今本当にしたいことを正直に言えば、それはあの車椅子の女を大理石に乗せて足をじっくり確かめてキラキラする濡れた目を閉じさせ、声を聞いて、その内容をあいつに電話で教えてやることなのに、ちょうど今どこかから飛んできてアイスクリームケーキの載ったきれいな皿のすぐ横を通勤に急ぐサラリーマンのようにトコトコと急いで動き回る煙草の灰より小さな虫を、あたしは殺さなかった。

或る恋の物語

その女はオレが最初に見た時前菜を食べながら泣いてたんだ。ここは都内じゃわりと名前を知られたイタリアン・レストランで、オレは親父の友人の紹介でボーイのバイトをやっている。勤めてまだ三カ月だったが別にイタリア料理のシェフになりたかったわけじゃないしウエイターとして大成するのが目的だったわけでもなくて、どうしようもない私立大学に入ってて遊ぶ金欲しさにクラブでバイトしてたらそれがバレて「クラブはいかん、どうしてもと言うんなら人生修行にもなるようなしっかりとしたレストランにしろ」と親父に決められてしまったというだけのお粗末な話だ。人生修行なんてイヤだったがとりあえず親父の言うことは聞こうと思った。言うことを聞かないとすぐに「大学なんか辞めて働け」って言うし、仕送りも途切れる。人生には修行が必要なのだろうか？　だったら人生なんてつまらないと思う。修行と聞くと寒いのに滝かなんかで唇を紫色にして何かを拝んでいるアホな坊さんみたいなのしか思い浮かばない。オレは自分でもあまり頭がいいとは思わないが、滝に打たれて自己満足するのがアホだということくらいはわかる。辛いことに耐えたっていいことなんか何もない。

で、オレがバイトしてるこのレストランだが、場所も青山にあってたまに若者向けの情報誌にも紹介されたりしてるが、うまくない。オーナーにはまだ会ったことがないが、コンピュータのソフトを輸入して大儲けをして、イタリア料理のことなんかまったくわからないくせに何となくかっこよくて税金対策にもなるからとこの店を始めたというひどくいい加減な人らしい。シェフはものすごくまじめな人だ。ミラノに三年、フィレンツェに五年いたと言っているが、そのうちの大部分はたぶん皿洗いとか床掃除をやってたんだと思う。キッチンを覗くと、目を血走らせてスパゲティをゆでてるが、まじめな人っていうのはイタリア料理には向かないんじゃないのかな。店が終わってからよく食べさせて貰うんだけどスパゲティなんか妙に凝っててていろいろ変わったモノが入っているけど、『デニーズ』のナポリタンの方がはっきりとした味でオレは好きだ。

うまくないのに店はいつも混んでいる。値段もかなり高いのに、たいてい毎晩満席だ。ま、オレは給料さえ貰えばそれでいいから高い金払ってうまくないものを食べに来る人がいたって全然構わないけどね。オレは金を貯めたかった。ちょっと行ってみたい国があったんだ。

その女は、一番隅の席に坐ってたからまわりにはあまり目立たなかったけど、前菜のカルパッチョ・サラダを食べながら静かに泣いてた。泣く客は珍しいがまったくいないわけではない。でもそのほとんどはいわゆる別れ話だ。そういう人々は高級イタリアン・リストランテで別れ話をすれば悲しみが半減するとでも思っているのだろうか？　それとも別れる最後の夜くらいは少しおしゃれなレストランでと考えているのだろうか？　別れ話では泣く男も泣く女もいるが、泣きながらでも料理を食べるのは女だ。泣く男はスープも飲まない。そうやって泣く客をオレ達ボーイは上手に無視できるように訓練されている。その女は別れ話で泣いているわけじゃなかった。一緒の中年男に苛められたのだった。女は二十代の終わりか三十代の初めといった年でクリーム色のスーツをきちんと着こなしててエルメスのスカーフを巻いていたがそれもイヤ味ではなくムチャクチャ美人というわけじゃないがそれなりに整ったOL顔をしていた。オレ達ボーイだって客が泣くのなんか見たくないから上手に無視しようとは思うんだけど、耳栓でもしない限り、耳に入ってくるもんな。

要するに男がひどかったんだ。四十になるかならないかのまったく特徴のない会社員で、顔からネクタイ、スーツ、ベルトにかけて太い字で「平凡な人生」と書いてあるのが目に見えるような奴だった。店に入って来た時からイヤな奴だとは思ってたんだ。この店ではドアを開けて入って来る客に、「ボナ・セラ」とイタリア語で挨拶する決まりになってる。信じられる？　日本人のボーイが日本人の客に向かってそう言うんだぜ。本物のイタリア人が見たら笑うと思うな。それでも決まりだからオレは「ボナ・セラ」と言うが、まともな人だったら「今晩は」と日本語を返してくる。でも、もちろん中にはいるんだよ、「ボナ・セラ」ってまじめな顔して言ってくる客が。たいてい常連客か、常連客に憧れ常連客を装う奴だけどね。うまくない店の常連客だからそいつらはアホだし、常連客を装う奴ときたらそれはもうアホ以下だ。で、その男は、「ボナ・セラ」でアホ以下だった。女の方はまともだった。今晩は、だったよ。

二人は、白ワインで乾杯したりして最初は順調だったんだ。そのうち、男がネチネチと嫌味を言いだした。酒が入ると態度がでかくなる奴の典型だったのかも知れない。オレが、上手に無視した上で、聞いたところによると、二人は旅行会社に勤めていて、春の新しいツアー企画を考えるチームを組んでいたようだ。OLや学生がターゲットだったのでその企画チームは女子社員にまかされることになり、その女が一応リーダーになって、男はいわば相談役としてチームに参加した。

「大体ね、オレは最初からヤだったんだよ、でも課長に言われてね、しようがないわけだろ? 課長に言われたんだからしようがないじゃないか、課長、ヤなこと言うんだよ、『女ばかりのチームに入れば少しは若返るんじゃないですか』本当にそう言ったんだからね、オレは二歳も年下の上役にそんなことを言われたんだよ、まあ予感はしてたんだけどね、等身大って言葉を君達が使って最初オレは何のことかわからなかった、別に教えて欲しかったって言ってるわけじゃないよ、きょうはね、どうしてもあのプロジェクトのリーダーである君とこうやってメシを食いたかったんだ、何て言うのかな、人間ってのはいい気になっちゃいけないと思うんだ、それは君もわかるだろう?」

男の声は、ボソボソした話し方のくせに店の中でよく目立った。単に声がでかかったのだ。普段は居酒屋とかガード下の屋台とかそういう騒がしい店で食事をしてます、と告白しているような喋り方だった。着ているスーツも他の男性客に比べるとはっきり見劣りがしたし、人間は四十年も生きるとそれまでの生活レベルが正直に出てしまうんだなあ、とオレは少し恐ろしくなったもんだ。

「とにかく例のアジアを見直すツアーの成功についてはおめでとうと言わせて貰うよ、いやいやオレなんか何もしていないさ、オレがちょっと口を滑らせたのはオーストラリアとニュージーランドだったわけだからね、で、あんた達のプロジェクト・リポートにはオレの名前が一行もなかった、いや、いいんだよ、逆にオレがオーストラリアでコアラを抱き抱きしましょうってアイデアを出したなんて暴露されると、まあこれ以上出世コースから外れるってことはあり得ないんで、下手するとクビになっちゃったかも知れないものね、で、まあオレの名前はどこにもなかったというわけだよ、それはあれだろ? あんた達もオレに気を遣ったわけだよね、オーストラリアのコアラ、ニュージーランドのおいしい水っていうオレのコンセプトがあまりにダサイんで四十にもなって主任なんてわけのわからんポストしかとれない男がこれ以上冷やメシを食うことがないようにって、気を遣ってくれたんだよな、いいってば、わかってるんだよ、でもさ、例えばきのうみたいな本社での全体ミーティングでね、一応相談役って立場があってオレはチームの一員としてテーブルに着いているわけじゃないか、大成功おめでとうなんて事業部の本部長から言われてもさ、で、まったくオレの名前は出なかった、いいんだよ、それでいいんだと思うよ、ただね、一人で企画プロジェクトが成功したなんて思ったりするとあんた自身おごり高ぶっちゃってね、今みたいな時が一番やばいんだよ、得意になってまわりが見えなくなるからね、誰もオレのことなんて気にとめてないからいいんだよ、たぶんオレの名前なんか出したら逆にオレは晒《さら》し者になってしまうかも知れないしね、何たって四十になっても名刺の肩書は主任なんだからさ、ただオレの言ってるのは何事も一人じゃできないってことなんだ、一人で生きてるわけじゃないだろう？　人間っていうのは人の間って書くわけだし有形無形の協力っていうの？　それがあって初めて成功とかね、キャリアが生まれるわけでね、で、オレは無視されたんだよ、慣れてるからいいけどね、輝かしい本社ミーティングでさ、営業報告の中でオレの名前なんかてんで関係ないっていう風に無視されたわけだよ、だからいいんだ、それでよかったんだと思うよ、あんた達若い女性の企画だったわけだしね、ただね、オレは慣れてるからいいけどメンツってもんはあるんだよ、あんなのは初めてだね、オレもずっと冷やメシ食ってきたけどあんな無視のされ方は初めてだよ、あれじゃオレは本当の無能じゃないかよ、二百人から見てる中でさ、チームの一員として同じ長テーブルに着いてだよ、四十分に及ぶ課長とあんたの営業報告の中で、一度も名前が出なかったわけだからさ、わかるよ、課長の配慮もあんたの気持ちもわかるよ、でもね、オレにだってメンツってもんはあるんだ、言いたいことはそういうことなの」

何て野郎だとオレは思ったが、男のいびりは女が泣きだすまで続いた。そういう腐りきった性格の男は、最初から、泣くまで責めよう、と決めてるんだ。女は悔しかったり頭にきたりもしたんだろうが、泣いたのは、情けなくて、恥ずかしかったからだろうと思う。まだ二十歳を少し出たばかりのオレにも経験があるよ、あのての男は。一緒にいるだけでなんでオレがこんなのと今同じ場所にいて安い整髪料の匂いを嗅がなきゃいけないんだって感じ。そしてまわりに人なんかいたりするともう恥ずかしくて恥ずかしくて死にたくなってくるんだよな。出世コース、コアラ、冷やメシ、主任、メンツ、まあよくもそれだけ死語を並べられるもんだなとオレは感心していた。上等な常連客はいないこの店だけど、冷やメシとかコアラとかメンツなんて恥ずかしい言葉を連呼するような恐ろしい客はいない。それで声がでかいときてるからな、立場が違えばオレだって泣いてたかも知れないよ。高校の時に一人ハゲであいう教師がいたけど、手に負えないんだ、あのての男は。殴ったって怒って怒鳴ったって敵のペースにはまってしまう。あ、怒鳴ったねって説教は二倍に延び、殴ったなってことでそれは後日にも引きずられることになるのさ。

「まあ、きょうは君の成功を祈ってこうやっておごらせて貰うんだ、面倒臭いことはこれで止めにして、おいしく食事をしようじゃないか」

女の泣き顔をじっくり楽しんだ後に、男はそう言った。さすがに一番近い席の客が呆然《ぼうぜん》としてたよ。リストの中で最も安いシチリアの白ワインをガブ飲みして、セブンスターをひっきりなしに吸いながら、男は世間話を始めたが、「ええ」とか「はあ」としか女は応じなかった。

メインの仔羊の骨付肉のグリルをテーブルに運んで行った時だった。男が女に聞いた。

「で、君なんかは特典旅行はどこにしようと思ってるの？　丸井や黒木はアムスとかスウェーデンとか言ってたけど」

そして、女が電撃的なことを答えたのだ。

「キューバに行くんです」

オレの心臓は釣り上げられたばかりのサーモンのようにピクンピクンと跳ねた。

「え？」

男が驚いたように聞き返した。

「キューバ？　フーン、わかんないな、今ああいうところは危険なんじゃないかな」

女は、お前なんかには死んでもわからないさ、という顔をしてそれ以上話をせず、黙々と仔羊の肉を食べていた。オレは上手に無視することが難しくなっていた。前菜の皿をトレイに載せる際に少し手が震えてフォークがカチャカチャと音をたてた。実は、オレが行きたい国というのも、キューバだったからだ。

すみませんすぐ戻ります、先輩にそう言ってオレはバッタのように頭を下げ、店を出た二人を追って外にとび出した。少し春めいてきたとは言ってもまだ吐く息は白い青山三丁目の路上で、二人は予想通りと言えば予想通りの立ち話をしていた。

「だからわかって貰えないかなあ、強制とか仕事の延長とかじゃないんだよ、シングルモルトのボトルを入れてる店がこのすぐ傍にあるから三十分だけ楽しく飲もうと言ってるんじゃないか」

「もう充分いただきましたので」

「三十分だけだよ、オレが変なことをするなんて考えてるんじゃないだろうな」

「そんなこと」

「じゃいいじゃないか、そこはカクテルがおいしくて人気のあるバーなんでオレは一昨日から予約したんだから」

「すみません、あまり飲めないんです」

「三十分だけだと言ってるだろ、オレ、恥かいちゃうんだよ」

女がまずオレの存在に気付いた。オレは二人の背後に両手を前で組んでそっと立っていたのだが、ジャケットもコートもなしの白いシャツに蝶ネクタイの若者ってのは、店の外の舗道じゃ目立つんだ。女と目が合った瞬間にオレはお辞儀して、言った。

「さっきは御来店いただきまして、ありがとうございました」

男の方はイヤな顔でオレを見た。ワインをガブ飲みしたせいで目が濁ってるし、酒臭い。何年もそれしか身につけてないという灰色のコート。

「何だよ?」

いえお連れの方にちょっとお話が、と言おうかなと思ったのだが、通りは寒かったしあまり長く店を空けると怒られるし、こいつはもう二度と店に来ないという判断もあったので、男の方は無視した。それが誰であれ他人から無視されるのがとても自然な男だったし。

「ボクはさっきのレストランでバイトしてるコダマトオルという者です、ボクもキューバへ行こうと思ってバイトをして金を貯めているんです、旅行案内のようなものがなくてディテールがわからないのでおヒマな時でけっこうですので教えて下さい、お願いします」

何てハキハキしたいい青年なんだろうと自画自賛しながら一気に話した。女は、急にそんなこと言われても、と困った顔になった。名刺を貰え、名刺だ、名刺を貰うんだぞ、とオレは自分に言い聞かせた。おい、何だよ、急に何だ、と男はオレと女の間に入って来ようとしたので、さらにそれを無視してオレはちょうどやって来た空車を女のために停めた。

「どうぞ、お乗り下さい」

オレが開いたドアを示すと、女は、助かった、という表情をして、ボーッとして立っている男に会釈してタクシーに乗り込んだ。

「お願いします、名刺を下さい」

オレは最敬礼してそう言った。

「あなた、キューバのどこが好きなの？」

女は座席に坐りながらそう聞いた。

「ファビエル・オルモという歌手です、彼のCDを持ってます、彼の歌が死ぬほど好きなんです」

「そう、わたしはその歌手、知らない」

「カセットをプレゼントします、ジャズのチェット・ベイカーなんかより、一万倍、いいっすよ」

女は名刺を出して、オレに渡した。去って行くタクシーにもオレは最敬礼した。実を言うと旅行案内が欲しいわけではなかった。彼女と一緒にキューバに行きたい、脳とハートと下腹部でそう思ったのだった。

「おい、何のつもりだよ」

店に戻ろうとすると男に肩をつかまれた。オレは男の耳許で言ってやった。

「あんた、嫌われてんだよ、地球全部から」

そして男の手を払い、スキップを混じえた全力疾走で店に戻った。

赤川美枝子、それが彼女の名前だった。オレは店が終わった深夜、アパートへ戻ってからその名刺を眺め、ファビエル・オルモのCDを聞いた。アパートは方南町にあるが、実家は千葉県の北の端で、親父は中堅の製薬会社を経営していて、オフクロは普通で、兄貴は医者で、一つ下の妹はオレより偏差値が二十点以上高い国立大学で原子力についてお勉強している。自分ではバカじゃないと思っているが、二十歳そこそこの男にそんな確証はない。今、正直に告白しても本気にする人は少ないが、小学生からオレは自閉症気味だった。他人とコミュニケイトするのが苦手、というより、できなかった。高校に入って、別に何かそれまでとは違う大事件が起きて生き方が変わったわけではないのに、嘘のように自閉的傾向はなくなった。中学までは、自分と折り合いをつけていくために、大怪我をしたり死んだりしない程度にいろいろやった。ケンカ、不登校、不純異性交遊、暴走族の真似事、トルエン、まあその程度だけど。本もよく読んだ。心に何らかの病いを抱える子供は言葉に飢える、というのもあるが、本当のところは、中一の時に憧れていたものすごい美人のマキコちゃんが、あんた本でも読めば、とオレに言ったからだ。まったく意味不明の漢字と片仮名と英語で成立する難しいやつから赤川次郎まで手当たりしだいに読んだが、本の中に解答はなかった。じゃあ高校になって解答が見つかったのかというとそうではない。ジュンイチというダチができて、そいつはかなり明るい奴だったが、オレと似たような問題を抱えていた。そいつと話しているうちに、自分だけじゃないんだ、と思うことができた。「だからさ、他のみんなが本当に思ったり感じたりしたことじゃない演技みたいな感じで喋っていてその中に自分が引きずり込まれるような気になっちゃうんだよな」「そう、その通りなんだ」みたいな調子でジュンイチと話すうちに、それまでからだを被っていたバリアみたいなやつが春の日の雪みたいに溶けていくのがわかった。昔のジャズのボーカルについていろいろ教えてくれたのもジュンイチだ。ジュンイチのオヤジは建築家だったがいわゆる西洋カブレでジャズのビニール盤の収集家で、その影響で普通の十六歳にはない知識がジュンイチにはあった。それでもオレは楽器の演奏だけってやつにはついていけなかった。何か脳とハートと下腹部にグッとくるものを感じたのはビリー・ホリディという、猫みたいな声の黒人のおばさんだった。そのおばさん以上のボーカルにはなかなか出会えなくて、困ったなと思ってる頃にチェット・ベイカーを知った。オレとジュンイチ以外には高校でそういうボーカルを聞いてる奴はいなかった。オレ自身がジュンイチと出会うまでそうだったからよくわかるのだが、世間は「満ち足りてる」という認識で被われている。何かものすごく重要なことが足りないという態度は異端で、中世の魔女裁判のように迫害される。でもまあオレだって、「じゃ何が足りないんだ」と聞かれても答えられないんだからあまり大きなことは言えないけどね。それに、わけ知り顔のじじいやばばあが、「豊かな心」とか「優しさ」とか「生きがい」とか「充実感」とか「感動」とかが今失われてるなんて言うもんだから、ますます話は面倒になる。足りないものがあるのは確かだがそれについてじじいやばばあやおじさんやおばさんは絶対に知らないし、想像もできないはずだ。なぜなら、その足りないものは、西新宿の超高層ビル群と同じで昔はなくて、つい最近生まれたものだからだ。今足りない何かっていうのは昔はちゃんとあった、っていうのは幻想だ。ただ、「満ち足りてるじゃないか、何が不満なんだ」っていう世間の圧力は思いのほか強力で、それに立ち向かうのは難しい。何か他にあるんじゃないかって捜すことすらタブーなんだ。それに、ジュンイチから教えられたからビリー・ホリディやチェット・ベイカーの良さがわかったけど、評論家とか文化人が「今の若い人はビリー・ホリディを聞かなきゃ」なんて言ってるのをラジオで聞いたりしたんだったら死んだってレコードを買おうなんて思わなかっただろう。年上の奴らは絶対に信用できない。今ものすごく重要な何かが足りないっていう自覚、そしてその何かはこれまでの日本にはなかったという自覚のない奴のことを信用できるわけがない。

ファビエル・オルモを知ったのは半年前だ。渋谷のHMVで、一枚だけ売れ残ってる、って感じでCDがオレに買われるのを待っていた。カバーフォトの顔が、何て言えばいいんだろう、自閉的で、優しかった。それと、ファビエル・オルモって名前がとてもエキゾチックだった。それまではキューバ音楽なんて聞いたことがなかったが、ファビエルの声は、全身に、染みた。一曲目の、「或る恋の物語」を聞いてて、信じられないことだが、涙が出てきた。どんな感じでうたってるんだろう、こんなきれいで切ない声の持ち主が住んでるキューバってどんな国なんだろう、そう思って、金を貯めて行ってみる決心をしたのだった。

赤川美枝子さんは、その週の土曜日、髪を頭の後ろでまとめて、ほとんどノーメイクで、黒のレザージャケットとストレートのジーパンと爪先の丸い編み上げのハーフブーツというオフの日の装いで、オレが電話で指定したパーク　ハイアットのラウンジに来てくれた。あ、それと、エルメスのスカーフね。エルメスのスカーフが未婚のキャリアウーマンのそこはかとなぃ寂しさを表現していて、会った瞬間にオレは少々エッチな気分になった。

「あなたはいつもこんなところで人と待ち合わせしてるの?」

ウインナー・コーヒーをオーダーした赤川美枝子さんはそういう切り出し方をした。こんなところというのは、西東京全体を見渡せる眺望でウインナー・コーヒーが一杯千二百円、普通のブレンド・コーヒーが一杯千百円、という意味だ。

「いいえ、初めてです」

と、オレは答えた。彼女の質問をオレはいろいろと予想し、その答えを丸四日間かけて準備していた。こういうところが元自閉症気味の少年の、知恵というか、悲しい習性ってやつだろうと思う。

「赤川さんみたいな人は、きっとこういう場所の方が慣れてるんじゃないかと思って」

「わたしみたいな人ってどんな人のこと?」

想定していた質問が続く。

「ボクなんかの知らない世界で、テキパキ仕事をこなして、海外旅行とかもしょっちゅうやってて。……そんなイメージですけど」

「レストランで泣くっていうのは?」

これも想定された質問の、発展型。

「あ、あの時は災難でしたね」

「あんなお客さん初めてでしょ?」

「たまにいますよ」

「そうなの?」

「あそこまでやっちゃう人はさすがにいないけど」

オレがそう言うと、赤川美枝子さんはクスッと笑ってから、溜め息をついて、シリアスな表情に戻った。

「あなたにはあの時助けられたけど」

そう言って首を振り、窓からまるでえんえんと続く箱庭のような西東京を眺めた。会社であの「主任」がまた陰湿ないびりを展開してるんだろうな、とオレは思った。話題を変える必要があった。

「あの、差し出がましいことかも知れませんが、キューバのことを聞いてもいいですか?」

キューバという固有名詞を出した時、赤川美枝子さんの顔が複雑に変化した。あれ?とオレは予想外のなりゆきに少し驚いた。キューバ、と聞いただけで、状況は明るく盛り上がると思っていたからだ。赤川美枝子さんの顔は決して単純に明るくはなかった。あえて正確な言葉を選ぶとすれば、憂いを帯びて、いた。

「キューバ……」

憂いを帯びた顔を再び箱庭の東京に向けて、そう呟く。何も言わない方がいい、何も聞くな、話しかけるな、とオレの直感と本能がそう言っていた。彼女が何かを話し出すまで待つんだ。オレは一杯千百円のコーヒーを飲んだ。高いだけあって、今までオレが飲んだコーヒーの中で一番うまかった。

「もう三年も前だけど」

彼女は話しだした。シンプルな話だった。

「キューバからあるダンスチームがやって来て各地で公演をしたの、力強くて美しいダンスで、わたしは本物のルンバを見て、バレエとかモダンとかブロードウェー・ミュージカル以外にもすごいダンスがあるんだって、感動したの、そのダンスチームの追っかけみたいなことをやって、一人のダンサーを好きになって、彼らが帰った後、そのダンサーだけを日本に招待したりしてたの、キューバ人は生活に困ってるわけだから、いろいろ買ってやったりしたのよ、わたしの方は結婚するつもりだったんだけど、彼の方にはその気がないらしいことが共通の友人の話でわかってね」

なるほど、とオレは脳とハートと下腹部で思った。特に下腹部は、そのダンサーの彼氏が黒人かどうかを知りたがった。ジュンイチと一緒に見た洋モノの無修正ポルノで黒人のモノを見た記憶が甦《よみがえ》った。あんなのに慣れてる女性とは、ちょっと難しいんじゃないんだろうか？　オレはまったくもてないというわけではないが、女は四人しか知らないし、その四人は、「あんたは最高よ」とは言ってくれなかった。

「で、キューバに、ずっと行こうと思ってたんだけど、行くのがずっと恐かったのよ、わかるでしょ？　わたしはいい気になってたんだと思うの、貧しい国のダンス・アーティストをね、救援してるみたいなね、わたし以外にはそういう人はいないし、わたししかキューバのダンサーのすばらしさを知らないっていうような、何ていうの？　一種の傲《おご》りがあったと思う、本を読んだりしたんだけどキューバって国もキューバ人もしたたかなのよ、したたかっていうか、必死で生きのびようとしてるわけよね、それにラテン系でお調子者らしいし、わたしにも実際のところはよくわからないけど、日本人には想像もつかないくらい切実に生きてるわけでしょう？　想像できないけど、あのアメリカとケンカしたままで、経済的に封鎖とかされて、謝ったりしないんだものね、本当はね、今でも行くのが恐いの、わかる？」

まるっきり予想しなかった話の展開で、オレは返事に困った。オレもこの女の人も妙なものを好きになったんだな、と陽が暮れていく超高層ホテルのラウンジで思った。どこの国からどんな人がやって来ても恥ずかしくない、きれいで、豪華なラウンジだ。ゆったりとしたスペース、高い天井、全体のデザイン、ウエイトレスの制服もエレガントだし、客への応対もきちんとしてて、ちょっと高いがコーヒーの味もすばらしく、まわりの客が着ている洋服も持っているバッグも履いている靴もすべて趣味の良い高級品で、このオレにしたってカジュアルではあるがこのラウンジの雰囲気を壊すようなものは身につけていないし、アパートを出る前にちゃんとシャワーを浴びてきたし、ひげも剃ってるし、髪だって微香性のムースで整えている。だが、目の前のキャリアウーマンも、このオレも、幸福のイメージからは遠い。何もかもが「満ち足りている」かに見えるこのラウンジで、寂しさに震えているのだ。むちゃくちゃ美人というわけではないが上品なそれなりの顔立ちのキャリアウーマンとお茶しながら、オレは耐え難い寂しさを感じていた。決定的に重要な何かが、自分達に欠けていると思った。おまけにそれが何なのかがわかっていない。

「わかってるの、自分でもよくわかってるんだけどね」

赤川美枝子さんはウインナー・コーヒーを飲むのを忘れている。オレの方を見ずに、窓の外に顔を向けて話す。春の初めの夕暮れが彼女の気持ちをさらにセンチメンタルにしているのだろう。地平線がオレンジ色で、その上の空はピンクだ。きれいだけど、どこかボンヤリとしている。

「わたしは卑怯なの、実際にキューバに行って確かめればはっきりするのにね、そのダンサーの彼には何人も女がいるらしいのよ、けっこう世界中で公演をするから、あちこちで彼女ができて、彼を追っかけてキューバまで行ったスイス人女性と一緒に住んでるらしいの、そういうところに会いに行ってもみじめになるだけかも知れないけど、はっきりするよね、はっきりさせるのが恐いだけなのよ、わたしは」

夕暮れ時でよかったな、とオレは思った。これがピーカンの昼間だったら、センチメンタルな告白が似合わない。何かを言わなければいけない、とオレはずっと言葉を捜していたが見つからなかった。彼女はこのオレに大切な秘密を話している。だが、オレにはその告白を受け止める言葉がない。

「ただ、キューバのダンスは新鮮だったの、わたしは年に一度ニューヨークに行ってブロードウェーの新作を観たりしてたから自分では通ぶってたのね、でもキューバのダンスを見て、自分は何も知らなかったんだって思って、それは悪い感情じゃなかったの、この年まで生きるとわかることがいろいろあってその一つは、新しい何かに出会うことなんて一生のうちでそう何度もあるもんじゃないってことなの、何か強烈で、きれいで、新しいものに出会うと本当にうれしくなるわよね、キューバのダンスを知ってからそれまでわたしが夢中になってたものが、たとえばブロードウェー・ミュージカルだけど、急に色あせて見えてきたの、ブロードウェーはそれでもやはりすごいんだけど、情報雑誌とかテレビとかで、それしかない

って風に押し付けられるでしょ？　バレエにしたってそうよ、もう既に価値ができちゃって
て、確かにすごいものだけど、その価値をただ受け入れるしかないわけよね、ああ、何を言
いたいのか、わからなくなってきちゃった、わたしはやっぱり恐いのね、せっかくキューバ
のダンスって新しいものに出会ったのに、それを失うのが恐いのよね、彼を失うってことが
キューバのダンスを失うことと同じじゃないけど、今の、わたしの中ではイクォールだか
ら」
彼女の言うことは何となく理解できた。要するに、夢中になれるものは、そう多くないと
いうことだ。考えてみれば、オレだって同じだ。三人しかいない。ビリー・ホリディとチェ
ット・ベイカーと、それにファビエル・オルモだ。
「あの」
と、オレは声をかけた。なあに、と赤川美枝子さんは憂いを帯びた顔をこちらに向ける。
夕暮れ時の微妙なライティングのために、その顔が普段より美しく見える。
「ファビエル・オルモの歌を聞きませんか？」
オレはナップザックからウォークマンをとり出し、カセットと二人分のイヤホンをつなげ
るジャックをセットした。曲はもちろん「或る恋の物語」だ。彼女にイヤホンを渡す。ボリ
ュームを調整する。やがて、フェリシアーノ・アランゴという天才ベーシストの六弦ベース

が聞こえてくる。フェリシアーノはまるでギターのように六弦ベースを弾く。豊かで、優しい音。聞こえますか？　と指で耳を指すと、彼女は何度も細かくうなずいた。やがて、窓外のピンク色の空にかかる一筋の薄い雲のような、これ以上繊細で、切実で、しかも官能的な声は考えられないというファビエル・オルモの歌が聞こえてきた。スペイン語の意味はわからないが、ライナーによると悲しい恋の歌だった。わたしの心はあなただけを想っているのにわたし達の恋はもう完全に終わってしまった、どんな旅もいつかは終わるし、どんな恋だっていつかは死んでしまう……スペイン語は少しわかると言った彼女はどんな思いで聞いているのだろうか？　ファビエル・オルモのこの歌を聞くと必ず泣いてしまいそうになる。センチメンタルと言えばそれまでだ。だがオレは絶対に演歌や腐りきった日本のポップスでは泣かない。ファビエル・オルモの声はピンポイントで、オレの、何と言えばいいんだろう、一番柔らかいところにそっと触れてくる。オレがずっと守り通したものと言えばいいのだろうか、守ろうとしてきたもの、これだけは奪われたくないと思ってきたもの、もう絶対に二度と帰って来ない記憶、とても大切にしていたのに失ってしまったもの、それらを思うオレの脳とハートにピンポイントで触れてくる。ファビエル・オルモの声と歌だけが、どこまでも消えない細いけど強いライトのように、オレの、自分でもなかなか気付くことのない深いポイントまで届いてくるのだ。「或る恋の物語」が終わってしばらくオレ達は何も喋らずに、窓の外の、終わろうとしている夕焼けを眺めていた。

P・S

パーク・ハイアットのラウンジで「或る恋の物語」を聞いてから、事態は思いがけない方向にあっという間に進展した。

オレと赤川美枝子さんはその後彼女の知っているお店に酒を飲みに行き、キューバ産のラムで指先と唇がしびれてくるくらい酔って、他のキューバ音楽を聞きにいらっしゃい、と誘われ中目黒の彼女のワンルーム・マンションに行き、ごく自然に寝た。

で、「キューバに一緒に行ってちょうだい」と言われた。

出発までにも、何度か会って、その度に彼女のマンションに泊まった。

オレは舞い上がっていたが、事態をよく呑み込んでいなかったのだと思う。

パーク ハイアットから約一カ月後の、ゴールデンウィークに、オレ達は成田の、JALの、バンクーバー経由メキシコシティ行きのチェックイン・カウンター前で待ち合わせた。

成田空港はものすごく混雑していた。

それで、彼女は、来なかったんだ。

もちろん電話をしたが、彼女は、ごめんなさい、と繰り返すだけだった。

目の前が真暗になってどうすればいいんだとわけがわからなくなったが、からだに残ってたありったけの元気を集めて、飛行機に乗ったよ。正直に言うけど初めての海外旅行だったんだ。

ムチャクチャ不安だったが、何とかなるもんなんだね。メキシコシティの空港の傍のホテルで一泊して、ちゃんとタコスも食べて、一人でハバナに着いた。

とりあえず、ブラブラと街を歩いたけど、暴力的、という言葉が浮かんでくるくらいハバナの太陽は強烈だった。

ホテルの部屋からは、胸をしめつけてくるような青い空と海が見えた。

少し慣れた頃、ホテルのボーイ達にファビエル・オルモのことを聞いてみたが、驚いたことに誰もその名前を知らなかった。キューバではまだ有名じゃなかったんだ。

エグレムというレコード・スタジオに行って、住所を聞いて、タクシーで訪ねて行ったよ。

オレのハートを奪った天使の声を持つ歌手は、ハバナの町外れの、未舗装の通り沿いの、清潔ではあるが古くて狭い長屋の一室に住んでたんだ。

オレはラムを二本土産に持って行って、ファビエルのおとうさんに会った。おとうさんはオルケスタ・アラゴンという有名なバンドのサイドボーカルだったらしいが、何しろスペイン語なのでほとんど話が通じない。

だが、ファビエルのCDを見せたらとても喜んでくれた。

キューバではそのCDは売られていないし、CDを聞く装置を持っていないんだ、と身振り手振りで説明してくれた。

しばらくして、若い女と一緒に、CDジャケットと同じ顔のファビエルが帰って来た。

古いTシャツと短パン、それにゴムのサンダル、とても歌手には見えなかった。

若い女はファビエルの恋人ではなくて、おとうさんの恋人だった。

ラムが全部なくなった頃（おとうさんが八割がた飲んだ）、ファビエルがアカペラでキューバの古い歌をうたってくれた。

当り前だが、CDと同じ声で、オレは不覚にも、赤川美枝子とかいろいろなことを思い出し、泣いてしまった。

キューバには三週間近くいて、ファビエル以外にもいろいろな歌手やバンドを見た。

一度だけ、赤川美枝子に電話した。

実はホテルに入ってから何十回もトライしたのだが全然つながらなかったのだ。

「今、ハバナだよ」

「そう」

「この部屋からは海が見える」

「きれいなんでしょうね、写真で見たことがあるけど」

電話の声は、回線のせいか、とても遠かった。赤川美枝子の存在を本当に遠く感じた。

「オレはここが気に入ったよ」

そう言うと彼女は黙った。話すことがなくなってしまった。なあ、今度は二人で一緒に来ようぜ、そう言いたかったが、日本はあまりにも遠いし、ハバナの空と海は青すぎて、そういうことを言うのがとてもつまらないことのように思われた。来たかったら来ればいい、本当に来たい奴だけが来ればいい、ハバナの空がそう言っているようだったんだ。

「帰ったらまた電話するよ」

そう言ってオレは受話器を置いた。彼女は、ほとんど聞きとれない声で、そうね、と言っただけだった。

電話の後、ベランダに出て強烈な太陽を浴びた。

急に陽に当たると、まるで殴られたような衝撃がある。ファビエル・オルモの声の秘密が少しだけわかったような気がした。

キューバは、人間が人間に甘えることを、許さない。

彼女は行ってしまった

彼女と出会ったのは私の常宿である赤坂の高層ホテルだった。

彼女は当時まだ二十代の半ばで、旅行雑誌の編集者をしていて、電話では私の映画のファンだと言ってインタビューを頼んできた。

私の名前は桜井洋一、小さな広告代理店のCFディレクターとして出発し、やがて独立してPR映画やドキュメンタリーの演出を数十本手がけた後に、パリで初めての劇場用映画を撮り、それが思いがけない成功を収めることになった。団体のツアーでやって来た平凡な日本人女性が旅行エージェントのちょっとした手違いで迷い子になり、パリのダークサイドをさまようがやがて無事に脱け出すというシンプルなストーリーだったが、大手の航空会社がスポンサーになってくれて、「花の都」に憧れる若い女性客に受けかなりのヒットとなった。航空会社と配給会社の希望で、映画は都市と主演女優を替えながらシリーズ化された。パリの次はニューヨーク、ロンドン、ベルリン、ローマ、香港と私は六本、ほとんど同じストーリーの映画を一年に一作の割合で作り続け、国際派などというわけのわからない呼び方をされ、映画監督としてのステイタスを得た。ビデオが異常な売れ方をしたために、ＰＲ映画を撮っていた頃から比べると信じられない額の金も入ってきた。生活が変わってしまい、代理店時代に社内結婚した妻は家を出てしまった。ロンドン編に主演した女優と愛人関係にあったことが週刊誌をにぎわせたからで、その後私達は正式に離婚した。ロンドン編の主演女優はしたたかで強く、次のベルリン編の主役が自分ではないことがわかると、「離婚までさせちゃったのにごめんなさいね」という捨て台詞を残して去って行った。離婚や、主演女優との恋愛と別れがその原因のすべてというわけではなく、私は自分がどんどんイヤな人間になっていくのがわかった。本当の原因は海外の都市を舞台に日本人女性の巻き込まれ型冒険を描くという映画がロンドン編あたりから完全にルーティンと化したことにある。劇映画のデビュー作だったパリ編はもちろん集中力の限りを尽くしたし、ニューヨーク編までは充分な刺激があった。ロンドン編では主演女優とできてしまったことも手伝って演出もカメラワークもありきたりのものになり、ベルリン編からは新しさが完全になくなり、ローマ編、香港編と作品は急な坂道を転がるように堕落していった。表現者としてのプライドを犠牲にして、ただ金のために、惰性で私は撮り続けたが、不思議なことに作品はそれなりのヒットを続けた。ノヴェライズをしたり、ＣＦの仕事も増えたり、自身でＣＭに出たりして、離婚の慰謝料を払っても、なおそれを上回る新たな収入があった。私は知名度と経済力を使って、ますます不毛な恋愛にのめり込むことになった。南青山にオフィス兼住居のマンションを買い、高層ホテルのスイートルームを脚本執筆のための仕事場にして、九四年型のポルシェ・カレラに乗り、最高級のシャンパンやワインやブランデーを一晩に何本も空け、二カ月ごとに女を替える、そういう暮らしを三、四年続けていた。最初の頃は、女優やその卵が多かったが、何度かひどい目に遭って、カテゴリーが変わった。女優と付き合うのは、割が合わない。才能のある女優は自分自身そのことをコントロールできない形で理不尽に愛に飢えていて、スクリーン上で「全世界」へ向けて愛を希求する。そういう人種は四十を過ぎるまでプライベートな暮らしに間違った安定を求める。普通の日々に「絶対性」を無意識に要求するのだ。人間として失格であるとかそういう意味ではない。生きていく上での優先順位が大前提的に普通ではないというだけだ。才能のない女優は、恐らくこの世に存在する見かけのいい女達の中で、もっとも寂しく哀れだと思う。愛への飢えは中途半端で、暮らしにおける安定への憧れも同じく中途半端だから、優先事項が自分で混乱していて無意味に相手を傷つける。女優はもうごめんだと決めてからはありとあらゆる職種の女達と付き合った。かなり売れっ子のファッションモデルから、月給十一万円の看護婦まで。最悪なことに、私は自分がどんどんイヤな人間になっていくことに気付いていなかった。酒や煙草や不規則な生活や極端な運動不足と過度な美食のせいで、皮膚は青白く張りを失い、からだ中の筋肉はたるみ、胃と肝臓と心臓が弱り切っていた。私は四十になったばかりだったが、たぶん五十過ぎの初老の男としてまわりに映っていたことだろう。女を次々と替え裸にしてセックスするのは刺激的で、それに付随する身心の消耗に気付かなくなってしまうのだ。

彼女がそういう私を救った。彼女の名前は赤川美枝子、出会った時は二十六歳だった。

「早速ですが、お忙しいことと思いますのでインタビューを始めさせていただきます、インタビューの間に写真を撮らせていただいてもよろしいでしょうか？」

モデルや女優の卵と比べると平凡な容姿だったが、私は彼女に好感を持った。季節に合った、春らしい淡い黄色のワンピースを着て、こちらの目をまっすぐに見てはきはきとした口調で話した。そして、手が非常にきれいだった。指や爪の形と長さ、手の甲の微妙な起伏とその肌の滑らかさ、私は離婚した妻を思い出した。私の元を去って行った妻も同じようにきれいな手をしていたからだ。その手を、別れてから何千回思い出したかわからない。それは、失われてしまって二度と戻らないものの象徴となっていたのだった。

「電話でお話ししました通り、『南へ』という特集の中でインタビュー記事を使わせていただきたいと考えております。桜井先生はこれまで世界中を旅されてこられたと伺っていますが、南、ということで印象に残っておられる旅、あるいは国や都市はおありでしょうか？」

質問に答える前に、私はかなり高圧的な調子で、先生なんて呼ばないで欲しい、と言った。

赤川美枝子がやって来たのは早い時間の午後だったが、前夜の放蕩《ほうとう》のために私は体調が悪かった。胃のあたりが重く、頭痛もあった。それで、思いもかけず別れた妻を思い出させるきれいな手を目のあたりにして、手の持ち主には好感を持ったが、そんな手が現われたことに対して苛立ったのだと思う。

赤川美枝子は、それでは桜井さんと呼ばせていただきます、と悪びれた様子もなくインタビューを始めようとした。

「南の国や都市で、お好きなところを教えていただけますか？」

どうしても彼女の手に目が行ってしまい、きれいな手だな、と思って、それが自分のものではないという当り前の事実に苛立った。そして私は意に反して、赤川美枝子に対し礼を失した応答をすることになる。

「南と言ってもいろいろあるからな、リゾートとそうでないところは根本的に違う」

「そうですね、それではリゾート以外の、ということでお聞きしたいのですが」

「聞くって言われても、具体的に言ってくれないとわからないよ」

「南の国でお好きなところを教えていただけますか？」

「だからさ、南って一口で漠然と言っても答えられないよ、南の国と言うと今は当然南北問題がある、開発途上国ってことで言えば、チリだってそうだがチリは俗に言う南国じゃない、ポルトガルのような国はどうなんだってことにもなる、あなたが言う南の国にはたとえばギリシャは含まれるわけ？」

「ギリシャでもけっこうですし、ポルトガルでもけっこうです、桜井さんのイメージなさる南の国について語っていただければ、でも質問が少しアバウトすぎたようです、あの、寒いところと暑いところとどちらがお好きですか？」

「そりゃ暑いところだけどね」

「それはどうしてですか？」

「ボクは少し心臓が悪いんだよ、それでね、寒いところは血管が収縮するから心臓に悪いの、寒いところが好きな奴なんてちょっと信じられないな」

「海外の魅力的な都市を舞台に映画を撮り続けていらっしゃるわけですが、今後、南の都市、熱帯の都市が舞台になる可能性はあるんでしょうか？」

「たとえばどこ？」

「え？」

「だから熱帯の都市ってたとえばどこなの？」

「シンガポールですとか、ジャマイカのキングストン、マイアミですとか、チュニジアのチュニス、あるいはモロッコの都市ですとか」

「あなたはたとえばある作家の、檀一雄だったかな、彼のポルトガルに対するロマンチックな思い入れとか、そういうわかりやすい図式をボクから引き出したいだけなんじゃないの?」

「いえ、そんなことはありません」

「だってそうじゃないか、ボクは常に仕事との関わりで海外の都市を見てるんだ、そういう目で見るとね、シンガポールなんかはクリーンを売りものにしている一種の全体主義の退屈な国だよ、キングストンは差別と貧困の街だし、マイアミなんてみんなバカだからリッチなイメージを持ってるんだろうが、犯罪の巣窟《そうくつ》だし、海なんて全然きれいじゃない、チュニスは知らないけど、モロッコはフェズだろうがカサブランカだろうがマラケシュだろうが要するにただの観光地なんだよ」

　私は苛立ちを隠しきれなくなっていた。赤川美枝子は顔色を失い、カメラマンはシャッターを押すのを止めて、不安そうに事のなりゆきをうかがっていた。

　彼女は何とか言葉を捜そうとした。だが、しばらく何も言えずに両手を揃《そろ》えてひざに置き下を向いて黙っていた。何て男なんだお前は、と私は自分がイヤになった。だが、静かに震えている彼女の両手を見ていると、さらに苛立ちが増してくるのだった。気が付くと私はもっとひどいことを彼女に向かって言っていた。

「悪いけど、帰ってくれ」

赤川美枝子は驚きの表情になって何か言いかけたが、年輩のカメラマンがそれを制した。彼女は泣きそうな顔で深く一礼し、部屋を出て行った。

二時間後に、雑誌の編集長から慌てふためいた電話がかかってきた。うちの若い編集者が大変失礼なことをしてしまったようで何とおわびしていいかわからない、今充分に叱ったところなので何とか気分を直して欲しい、そういった電話だった。何てことだ、と思った。彼女は何も悪いことなんかしていない、失礼なことをしたのはこの私の方なのだ。しかし、自信を失い苛立っている人間は自分に正直になれない。気持ちをストレートに言葉や態度で表わす勇気が欠けてしまっているのだ。あのきれいな手を持つ赤川美枝子が雑誌の編集長から大声で他の社員の前で罵倒《ばとう》されているところが目に浮かんできた。その編集長は私に対してはひどく卑屈だった。そういう男に限って部下には辛く当たるものだ。

「あんたが謝ってもしようがないんだよ、ありきたりの記事なんか作ろうとするなってきちんと教育しろ、バカ野郎」

そう大声で怒鳴って私は乱暴に電話を切った。それがどういう結果を生むか、考える余裕もなかった。ただその夜は激しい自己嫌悪に襲われブランデーを痛飲して大人しい性格の新しい愛人に当たり散らした。

最初の出会いから一週間経った頃、赤川美枝子から短い手紙が届いた。

「……先日は大変な失礼をしてしまい、おわびの申しようもございません、あの後、わたしは会社を辞めました、桜井さんのことが直接の原因なわけですが、実は前々から転職を考えていたのです、余計なことかも知れませんが、お気になさらないようお願いいたします……」

私は手を尽くして彼女の自宅の電話番号を調べた。

「映画監督の桜井といいます、突然、こんな電話をしてすみません」

「あ、どうも」

受話器の向こうで彼女がとまどい、緊張するのがわかった。

「この電話番号はお辞めになった会社から聞きましたが、赤川さんがボクの勝手な頼みを受け入れてくれればもう二度と電話しませんし、番号も忘れることにします」

彼女はしばらく黙り、やがて、どういったことでしょうか、と不安そうな声で聞いてきた。

「一度お会いして、謝らせて下さい、五分でも十分でもいいんです」

「あの、おっしゃってることがよくわかりません、手紙にも書きましたけど、わたし、前から旅行雑誌じゃなくて、本当の旅行の企画とかをやりたかったんです」

「それは理解してます、ただ、ボクは失礼な態度で、失礼なことをあなたにしてしまったと思っています」

「わたしはそう思っていません、謝られても困ります」

確かに彼女の言う通りだった。会いたいというのは一方的な私の都合なのだ。だが、彼女にはどうしても会わなくてはいけないと思った。自分が本当にイヤな人間になってしまったことを彼女が初めてわからせてくれたのだ。

迷ったが、私はプライベートな告白をすることにした。告白をして、それで拒否されればあきらめることができるかも知れない。

「あの、聞いて欲しいことがあるんですが、電話、あと、二、三分いいですか？」

「それはもう、お聞きしますけど」

「これは、あなたに謝罪するというよりも、自分を何とか救いたいということで、ボク自身そのことはよくわかっています、実は、あなたを見て、ボクは別れた妻のことを思い出してしまったんです」

「え？」

彼女の怪訝《けげん》そうな表情が声の調子から伝わってきた。

「ボクの評判を少しは御存知だと思います、何ていうか、乱れた生活をしてるし、ただ、これは変な下心があって言ってるわけじゃないと信じて欲しいんです、あなたの手が、ボクの別れた妻にそっくりだったんです」

「手？」

「手です、ボクは妻にひどいことをしてしまったと思ってます、別れた頃はそのことがわからなくて、今、ずっと苦しんでるんですが、苦しんでいることさえ気付いてなかったんです」

「何をおっしゃっているのかちょっと」

「わかります、迷惑かも知れませんが、ボクはあなたの手を見て、何ていうのかな、大切な人を傷つけてとり返しのつかないことをしてしまった、と思い出してしまったんです、だからといってあなたにお会いしたいというのが理屈に合ってないのもわかります、ただボクとしては、勝手なことだとわかってるんですが、お会いして、謝罪したいんです、もし信用できないんでしたら、その、友人と一緒でも、失礼ですがボーイフレンドと御一緒でもいいんです、お願いします、五分だけ、会っていただけませんか」

　何て勝手な、バカなことを喋っているのだろうと思いながら、言った。会ってどうなる、という別の自分の声も聞こえた。だがどうしても彼女に会いたかった。彼女の手は、私がこの数年で失ったものの象徴だったのだ。

私達は五日後に会うことになった。場所は、私の仕事場があるホテルのラウンジ。私は、それまでの五日間、一滴も酒を飲まず、約束の時間の十五分前にラウンジのテーブルについて、彼女を待った。

赤川美枝子は、やはり春らしい明るいクリーム色のワンピースで、五分遅れて現われた。

「遅れてすみません、お待ちになりました？」

私は手を見ないように努めた。彼女の手を見てしまうと気持ちが冷静ではなくなる。幸いなことに赤川美枝子の手はテーブルの下に隠れていた。

「いや、今、来たばかりです」

と、嘘をついたがそれはすぐにばれてしまった。赤川美枝子は空になったコーヒーカップと煙草の吸い殻が七、八本溜まっている灰皿を見て、唇を僅かに動かして微笑した。

「それより、来てくれてありがとう、自分でも非常識な頼みだってわかっていたんだけど、どうしても会いたかったんです」

「わたしはうれしいです、だって、この間も言ったでしょう？　桜井さんのファンだったんですよ」

「そういう風に言われるとボクは何も言えなくなってしまいます、この前電話で話したことはよくわからなかったでしょう？」

「何となく、奥様とわたしが似ているっておっしゃってましたけど」

「そうなんです、最初にあなたの手を見てびっくりしました」

赤川美枝子はテーブルの下に隠れていた手を上げて自分で眺めた。よくわからない、という表情をしていた。

「普通の、手ですよ」

そう言って照れたように微笑んだ。私は彼女の手と微笑みを見て、胸は騒ぐのにもっと深いところで安らぎを覚えるという不思議な感覚に捉われた。

「うん、ボクが言ってるのは洗剤とか指輪のコマーシャルに出るような手って意味じゃないんです、うまく言えないんだけど、バランスが良くて、ちょっとドキドキするんだけど本質的なところで安らぐっていうか」

「奥様と……」

「離婚しました、四年前です」

「すみません、わたし、この間の電話で伺っていたのに余計なことを言ってしまって」

「あ、そんなことはいいんです、こういうセンチメンタルなことは言いたくないし、もちろん誰にも言ってないんですが、妻は何て言うか、普通の人でした、普通っていうのは何も表現する必要がないって意味です、いやボクは女性は表現する必要がないって言ってるわけじゃないですよ、ただ、ボクは才能っていうのは人格にプラスされてあるもんじゃなくて、ある種の欠如だと思ってるんです、特にそこに競争心が必要な才能はそうだと思います、表現にたずさわる女性をケアするのは特別な努力と理解が必要で、そのことに向いている男とそうでない男がいます、こんな話、退屈ですか？」

「とんでもない、退屈だなんてとんでもないです」

「ある女優と、ボクの映画に主演した女優と付き合って、やはり女優というのは見かけはすばらしくきれいですから、夢中になってしまって、男として、何て言うのかな、オレはこんなにすごいんだっていう誇らしい気分になったもんです、で、妻を失って、その女優も自分が次の映画の主演じゃないことがわかると、あっさりと去って行きました、ボクはすべてを失ったような気分になって、寂しさをまぎらわせるために、ひどくエキセントリックな生活を始めました、一人でやり切れない時によく妻の手を思い出しました、妻とは前に一緒だった会社で知り合って、何度も言ってる通りごく普通の女性だったんで、それを失ったという、つまり失ったもののシンボルが彼女の手の記憶だったわけです、あなたの手を見て、妻を思い出して、正直に言って心が乱れました、どうしていいかわからないまま混乱していって、つい、失礼な応対をしてしまったわけです、そのことを謝りたかったんです」

私が話を終えると、赤川美枝子はじっとこちらを見続けた。何か言葉を捜しているようだった。やがて、その手を再びテーブルの下に戻して、わかりました、と言った。

私達はそれからお互いに連絡をとるようになった。最初のうちは、二、三週間に一度の割合で会って、お茶を飲んだり食事をしたりした。別に二人で決めたわけではないのだが、夜の十二時前には別れて、彼女を送って行くようなこともしなかった。今考えると、お互いに意識して距離をとっていたのだと思う。

彼女は赤ワインが好きだったが、私達は酔うことを注意深く避けていた。ワイングラスに二杯、というのがその頃の平均的な酒量だったと思う。もっと関係を親しくしたいとお互いに思ってはいたが、私達はともに警戒心を捨てきれなかった。私の方はまだ何も始まっていないというのに彼女を失うのを恐れていたし、深い付き合いになることで大勢の女の中の一人になってしまうのではないかという不安を彼女は持っていた。

喫茶店でお茶を飲んで映画を観て食事をして別れる、そういう付き合いが半年近く続いて私達は奇妙な焦りを感じていた。二人の愛情がこのままでは逆に退化していくのではないか、特別な感情を抱いているのはわかっているのに、それがただの親しい友人で終わってしまうのではないか、という焦りだ。男女関係は絶えず揺れ動いている。進展がないと、ある状態のままとどまったりせずに、退行する。

私は他の女優とはしだいに会わなくなり、数カ月かけてすべての女との清算を済ませていた。テレビドラマの脚本を書き、CFの演出をして次の映画の準備を続け、赤川美枝子との結婚を考えるようになった。自分が再生していくような気がしたし、新しい映画へ向かうモチベーションが湧き起こってきた。

冷たい風が吹くようになった十月の終わりの夜、私達は初めてセックスした。からだを触れ合わすきっかけは手袋だった。私は彼女にその夜サテンの手袋をプレゼントした。薄いブルーの布地に複雑でデリケートな刺繍《ししゅう》の入ったもので、食事の後、ホテルの私の部屋で渡した。レストランの灯りではよく見えないようなデリケートな刺繍入りの手袋だったから部屋に招いたのだ。彼女が私の部屋に入って来るのはあのインタビュー以来だった。彼女は喜んでくれた。何度も灯りに手をかざして、こんなきれいな手袋は見たことがない、と言った。

「でもお部屋の中で手袋をしているとやっぱり少し暑いわね」

私は、ソファに座った彼女に近づいて行って、ゆっくりと手袋を脱がせてあげた。すぐ目の前にその手が現われた時、胸が高まった。どんな女の裸を見る時よりも刺激的だった。そっと、その手にキスすると、あとはラストまであっという間だった。

結婚の約束を交わして、あらゆることが順調に進んでいるかに見えた。だが、破局の芽はそういう時期に育つものらしい。

初めてのセックスから二カ月経ったある日、CFの撮影現場に、彼女がやって来た。仕事の現場にノコノコ姿を現わすような女ではなかったが、その時は私が風邪をひいていて、薬を届けに来たのだった。レンタカー会社のCFで、スタジオの中には熱帯のリゾートのビーチが半人工的に造られていた。描かれた青い空と海、運び込まれた白い砂と、椰子の木。カメラの手前からセミヌードの女の子が海の方へと歩いて行くのをスローモーションで捉える。モデルはTシャツを着ているがボトムレスだ。つまり、お尻をカメラに向けているわけだ。従って、モデルは、日本人の若い女だったがお尻の形の良さで選ばれていた。カメラのピントは背景に合っていて、女の子のお尻はテレビの画面ではボケるはずだった。私は、モデルに歩き方を何度も注意した。歩き方が悪いと、お尻が不格好に映るからだ。下半身には何もつけていない二十歳のモデルに歩き方を教えるわけだが、彼女が気分を害したり萎縮したりすると逆効果なので、私はジョークを交えスタジオ全体の緊張を解《ほぐ》しながら演出した。みんなの上に君臨するのではなくみんなをガイドしていく、というのが私の演出のスタイルなのだが、モデルの女の子がひときわ高くかわいい声で笑った時、私は赤川美枝子の存在を思い出しイヤな気配を感じて後方を振り向いた。赤川美枝子は、笑わずに私をじっと見ていた。

その夜、彼女の意外な面を知ることになった。場所はホテルの私の部屋、彼女は週の半分は泊まるようになっていた。

「あなたはああいうお尻が好きなのね」

攻撃はそういう一言で始まった。

「怒ってるわけじゃないし嫉妬しているわけでもないの、スタジオなんか行かなければよかった、わたしはこんなことを言う今の自分が嫌い、わたしと会う前あなたはあんなお尻の女の子とずっと付き合ってて、これからも仕事の付き合いでずっと会い続けていくわけよね、わたしの手がきれいだって言ってくれてそれは本当だと思うしとてもうれしかったけど、どこかでずっと違う世界の人だって思ってたの、でもその違う世界をわたしは見てなかったし自分でも見ないようにしてきたのね、で、きょう、見てしまって、やっぱり違う世界だって思ったの、まわりの人もファッションからしてわたしとは全然違うし、わたしは迷い子になったみたいだった、あなたは本当に遠くにいて、いいえ、それを非難してるわけじゃないのよ、仕事が大切なものだってことはわたしだって働いてるんだからよくわかってるし、あなたが間違っていると言ってるわけではないの」

攻撃の間、赤川美枝子は私のことを「あなた」と呼んだ。二カ月前からは洋一と呼び、その前はずっと桜井さんと呼んでいたのに。赤川美枝子にあなた、と呼ばれるのは不愉快だったし、不安になった。怒りによって相手の呼び名を変えるのは明らかにヒステリーの一種だと私は学んでいたからだ。ヒステリーに陥った人間は相手に絶対的な「賠償」を要求する。赤川美枝子はこの私には賠償を要求する勇気がなく「あなた」と呼ぶことによって、一時的に私を別の人格と見なそうとしていた。別れた妻は大人しい女性で、離婚の前後、一言も文句らしいことを言わず黙って家を出て行った。話し合いを拒否する点においては、黙って家を出るのも、ヒステリーも似たところがある。絶対的な賠償などこの世には存在しないので、ヒステリー性の攻撃は疲れ果てて奇妙な充実感を得るまで続く。

「あんなところに行くんじゃなかったわ、わたしはこれからあなたが家にいない時ずっと想像しなきゃならないのよ、あなたがああいう女と楽しそうに喋って笑い合っているところをずっと一人で想像しなきゃいけないのよ、わたしはきれいでもないし、あなたが言う通り普通の女で、あなたから好かれるのはうれしいけど、何て言えばいいのかしら、こういうホテルのスイートルームであなたに会ったりするのは、わたしなんかには荷が重過ぎるって本当はずっと思ってたの、それがきょうわかったわけでしょ?」

　迷ったが、彼女を試すことにした。ひたすら謝り慰め勇気づけて彼女が疲れるのを待つのが常識的な対応の仕方だが、それだとその後何度もヒステリーが繰り返されることになる。

赤川美枝子のヒステリーはもちろん軽いものだが、それがストレス等による一過性のものか、生来的な性格で付き合っていく間何度も耐えるはめになるのか、判断する必要があった。彼女にセックスを求めていただけだったら、何百回と謝って機嫌をとり、ベッドで関係性を修復しただろう。だが私は二十歳過ぎの若者ではなかった。

「悪いけど、きょうは帰ってくれ」

と私は言った。最初の、インタビューの時と同じ台詞だなと思い出しながら言った。赤川美枝子はびっくりした顔で私を見た。泣いて謝ろうか、さらに怒ろうか、迷っている表情をした。

「ミエコは、オレが悪くないのを知ってるはずだ、オレは仕事をしただけで、あのモデルの尻に触ったわけじゃない、オレの仕事がどんなものかもわかっていたはずだ、若い女の子じゃなくて、出演するのが猫や象でもオレは同じように演出するんだ、冷静な話し合いだったらオレは徹夜してでも応じるよ、でも今のミエコみたいな状態じゃ二人が一緒にいるのは時間のムダだ、帰ってくれ」

一種のテストだった。赤川美枝子はさらに驚いて、一瞬、恐怖に似た表情を浮かべた。たぶん本当に彼女は恐怖と戦っていたのだと思う。「わかったわ」でもいい、「ごめんなさい」と言う必要はない、それまでの自分を客観視して、気持ちを落ち着かせることができれば、テストは成功したことになる。「帰ってくれ」というのは、私にしてみれば、冷静になるきっかけを作ったつもりだった。自分を客観視して冷静さを取り戻すためにはかなりのエネルギーが必要だ。そしてそのエネルギーを溜めるためにはきっかけが不可欠だ。

「エラそうに何言ってんのよ」

と赤川美枝子はさっきより大きな声で叫び、私の期待は裏切られた。

「尻に触ったわけじゃないって、それは仕事だから触らなかっただけでしょう、仕事が終わって、夜になったら、フレンチとかイタリアンとかきれいで高い店に連れて行ってお酒を飲ませて一晩中触るんじゃないの、知ってるのよ、あなたがわたしと出会う前にどんな生活をしていたかわたしは知ってるのよ、誰だって知ってて、あなた業界で何て言われてるか知ってんの？　ヨーグルトキノコって言われてんのよ、悪くないですって？　自分はいつでも悪くないと思ってるんでしょう、そんなにエライと思ってるの？　そんなに自分がエライと思ってるの？」

リフレインを続けながら赤川美枝子は泣きだしてしまった。これ以上興奮させてはいけないと私は思った。彼女はまだ元気が余っていて、これ以上のショックを与えるとさらに自制心がなくなり、もっと極端な行動に走る恐れがあった。私は近づいて行って、肩を抱こうとした。泣きながら赤川美枝子は何度か私の手を払いのけた。だがやがて私を受け入れ、ごめんなさいとか許してとかわけのわからないことを泣き声で言いながら自分からきつく抱きついてきた。

その後、ヒステリーは何度も再発したが、私は彼女と別れなかった。軽いヒステリーはゲームのようなもので、必ず最後は激しいセックスで収束する。彼女と別れなかった理由は二つあった。一つはヒステリーの後のセックスをサディスティックに楽しめたこと、もう一つは、やはり赤川美枝子の手の魅力が忘れられなかったから、である。以前にもヒステリー性の女は三人ほどいたが、赤川美枝子ほど刺激的にセックスに結びつく女はいなかった。激しいセックスをするためにヒステリーを演じているのではないかと思ったほどだ。私をひどい言葉で罵《ののし》った後、泣き叫び、許してくれ、捨てないでくれと哀願しながら、マゾヒスティックなことを求める。ストッキングを自分で自分の首に巻きつけ、このままオルガズムと同時に殺してくれと言われた時には恐くなったが、それはこれまでのどんなセックスよりも刺激的だった。

だが、私は結婚についてはためらった。こんな女と結婚したら仕事に支障が出ると思いつつその後三年も付き合っていたわけだから、残酷な仕打ちを続けたことになる。「なんで結婚してくれないの」、「今はまだその時機じゃない」というやりとりから始まる彼女のヒステリーをコントロールし、その後かなり際どいセックスをするというパターンを楽しんでいたのだった。結婚する気はなかった。そしてもちろん私は彼女が深く傷ついていっていることに気付かなかった。最初のヒステリーの夜に発芽した破局の芽は、静かに成長していたのである。

その言葉はある土曜の午後に突然彼女から喋られた。まるで発芽したばかりの破局の芽が一挙に花が開くように。

「わたし、桜井さんとは、もう会いません」

何が起こったのかまったくわからなかった。桜井さん、と呼ばれるのはほぼ三年振りで、そのことが私を狼狽させた。ヒステリーではなかったからだ。

「会社で何かあったのか?」

私がそう聞くと、赤川美枝子は首を振った。彼女は雑誌社を辞めてすぐ旅行代理店の企画部に勤め始めた。会社のことはあまり話さなかった。

「そんなことじゃないんです」

そう言って赤川美枝子がおかしそうに笑った時、イヤな予感がした。イヤな予感は私の想像を超えて、当たっていた。

「わたしが去年くらいから、旅行だって言って、ほら会社の旅行だって言って、二週間とか一カ月何度か会わなかったことがあったでしょ？　あれ、旅行じゃなかったんです、ずっと言わなかったわけだけど、ダンスを観ていたの」

「ダンス？」

「キューバのダンスです、最初は、これは桜井さんの知らないわたしだけの情報だって感じで、ちょっと得意になってその舞踊団の追っかけみたいなことをやってたんだけどね、いつか桜井さんと一緒にこのダンスを観ようと思ってたくらいなんだけど、そのうち、そのダンスにはまってしまって、一人のダンサーと付き合うようになったんです」

「キューバ人か？」

「キューバのダンスのダンサーなんだから当り前じゃありませんか、キューバ人ですよ、黒人と白人のハーフで、わたしより二つ年下です」

「寝たのか？」

「付き合ってるってちゃんと言ったじゃないですか、お金を貯めて、ほら桜井さんからいろいろ買って貰ったりおごって貰ったりしてたからお金を貯めるのは楽でしたけど、それで彼を日本に呼んだりしてたんです、彼と結婚しようと思ってます、だから桜井さんとはもう会いません」

「待ってくれよ」

「決めたんです」

今すぐ結婚してもいいし、考え直してくれ、と私は震える声を出した。赤川美枝子は、首を振りながら悲しそうな微笑みを浮かべていた。

「じゃあ、そういうことなので」

話はそれであっさりと終わり、彼女は帰って行った。

私は一年以上苦しんだ。最初の一カ月は毎日のように電話をした。留守電になっていて彼女は決して電話に出なかった。ひどい状態が続いたわけだが、昔のような、赤川美枝子と知り合う前の状態に戻る気はなかった。ひどい気分をまぎらわすように仕事の量を増やし、皮肉なことに私への評価が高まったりしたが、実際は、新聞の国際欄で「キューバ」という文字を見ただけで胸がひどく騒ぎ、長い時間落ち込むほどだった。キューバ人を見る機会はバレーボールくらいしかなかったが、彼らのしなやかな黒いからだを見るたびに信じられないほどの敗北感を味わった。毎晩眠りに就く前に、しなやかなからだの黒人の男が赤川美枝子とからだを絡め合うところを想像してしまった。黒人の長いペニスが赤川美枝子の口やヴァギナに入り、そして何よりも彼女の手がそれをつかむところを思い描いて、苦しんだ。それでも私は他の女や酒に救いを求めることをしなかった。バカげた繰り返しをするな、と自分に言い聞かせた。仕事がうまくいき、新しい映画の準備も進んで、「目をつむると彼女の手が自動的に浮かんでくる」、「他のどんな女の手を見てもすぐに失望してしまう」といった最悪の状態からは脱しつつある頃、私はそのキューバの舞踊団が来日しているのを知って、迷ったあげく一人で観に行った。赤川美枝子と出くわすのではないかとビクビクしながら、そのダンスを観た。それは、確かに圧倒的なダンスだった。パーカッションが打ち出す複雑なビートもすごくて、一瞬赤川美枝子のことを忘れてしまった。

その後、私はそれに詳しい友人がいたこともありキューバの音楽を少しずつ聞くようになる。キューバの音楽は傷の回復の目安になった。赤川美枝子についての妄想がキューバ音楽を聞く時に出現する頻度が低くなっていくのがわかったのだ。

会わなくなってから、一年半が過ぎた頃、突然、赤川美枝子から電話があった。

「電話なんかして、ごめんなさい」

すぐに切ろうかと考えたが、できなかった。

「電話、いい?」

彼女の声は、少し酔っていて、元気がなかった。

「あれから、いろいろありました」

私は黙っていた。言うべき言葉なんかない。

「どうして黙ってるの？」

「オレはまだミエコから自由になっていないんだ」

「それはどうも、喜んでいいのかしら？」

「何か用なのか？」

「キューバ人とはだめになったの、もう一度付き合う？」

「冗談言うなよ」

「イヤだってこと？」

「そうだ」

「そうよね、こんな女はヤよね、キューバ人はいろんな意味で強くてわたしには無理だったわ、今でも大好きだけど、言葉の問題もあるし、本当に遠い国だしね」

彼女は泣いているようだった。

「キューバ人にふられて、若い男の子をつかまえたの、いい子で、一緒にキューバに行こうと思ったんだけど、恐くなって行かなかった、バカみたい、こんなに自分が弱いって今まで知らなかったわ、切符も買って、成田で待ち合わせをしてたのに行かなかったのよ、本当に、こんなひどい女、わたし自分でも他に知らないわよ、あなたが、そう、桜井さんが、桜井さんがね」

「オレが？　どうしたんだ？」

「何かと教えてくれて、それが何かってことはうまく言えないんだけど、そうね、自信みたいなものを持つコツかな、それでがんばったんだけど全部失っちゃったよ、わたしね、わたしね、桜井さん、わたしね、一日も休まずにね、あなたと会ってからずっとね、うんと長い時間をかけてね、起きてからと、お昼休みと、寝る前にね……」

彼女の言葉が途切れた。

「どうしたんだよ？」

「手のお手入れをしてたの、クリームとか塗って」

それを聞いて、私は言葉に詰まった。フラッシュバックのように、さまざまな場所での彼女の手が映像として浮かんできた。

「笑っちゃうわよね、バカだよね」

そう言って、赤川美枝子は黙った。私は何か言わなければいけないと思った。

「オレ、キューバの音楽を聞くようになったよ」

そう言うと、しばらくして、そうなの、と彼女はうれしそうに少しだけ笑った。

「けっこう、いいな」

「ファビエル・オルモって知ってる？」

「いや、それは知らない、歌手か？」

「うん、わたしも知らなかったの、その、若い男の子が教えてくれたの」

「じゃ、聞いてみようかな」

「聞いてみてよ、『セ・フェ』って歌があってね、『彼女は行ってしまった』って歌だけど、わたし、その歌を聞く度に、手袋を思い出すもの」

「手袋？」

「ほら、桜井さんが買ってくれたサテンの手袋」

「ああ、憶えててくれたのか」

「忘れるわけないじゃない、わたしね、いつかやっぱりキューバに行こうって思ってるのよ、そんな、若い男の子の助けを借りるみたいな恥ずかしいことしないで、一人で行ける勇気が持てた時にね、その時、また電話していいかな？」

「いいよ、そしたら、オレはミエコがキューバに旅立った後に、そのファビエル何とかって奴の『彼女は行ってしまった』って歌を聞くよ」

「そうして」

そうやって、電話は終わった。

その電話から、数カ月経つが、まだ赤川美枝子からキューバへ行くという連絡はない。

ファビエル・オルモの「セ・フェ、彼女は行ってしまった」という曲は、もう何十回も聞いた。胸をしめつけられるような悲しく美しい声と曲だが、不思議な解放感もある。ファビエルの声は、確かに、あのサテンの手袋に似ているかも知れない。それを脱がすと、この世で最高の女性の手が現われる、複雑でデリケートな刺繡の入ったサテンの手袋……。

わたしのすべてを

「いいかい、オレはあんたの友達じゃなくてサクライの友達なんだぜ、そこんとこをよく考えてくれよ」

オレは目の前でうつむいている赤川という名前の、どちらかと言えば地味な女に、そう言った。確か美枝子というのがファーストネームだった。桜井洋一はオレの高校時代の同級生で、大学も同じで、別に示し合わせたわけじゃないんだが、広告代理店という同じ職業に就いた。あっちは大した才能の持ち主で実力で業界二位の会社のクリエイティブ局に入り、オレはオヤジのコネで業界一位の会社の営業だった。オレのオヤジは四年前に死んだがある民放局のかなり偉い奴だった。オフクロは昔風の、骨の髄までのお嬢さんで、オレは徹底的に甘やかされて育ち、ふざけた性格の遊び人になってしまった。

桜井洋一はオレとは違ってまじめで頭も良く、早々と独立して誰もがうらやむ売れっ子の映画監督になったが、こいつが女にだけは恵まれない。目の前にいるアカガワという女だってオレに言わせればどこがいいのかわからない。それ以前に付き合ってた十数人の女はその全部と会ったわけじゃないが別にきれいでもないし頭は悪いしゴミみたいな連中だった。こいつはファッションモデルなんだ、バイオリンを弾いてるんだ、ホステスだけどフラメンコの勉強をしてるんだ、などと自慢そうにオレに紹介したが(中には看護婦さんもいたな)、要するに町中の安っぽい飲み屋で簡単に釣れるような、ペラペラツルツルの化学繊維みたいな女ばかりだった。ずっとまじめだった奴というのは一度狂うと歯止めが利かなくなる。三流の女優にだまされたこともあって、その時に美人じゃないがいい性格の女房にも逃げられている。

「わかっています、でもキューバのことをお聞きできるのがムラタさんしか思い浮かばなかったもので」

アカガワという女とは桜井と一緒に何度か会ったことがあった。だが二人は既に別れている。桜井の方が、フラれたのだ。このアカガワという女は桜井からキューバ人のダンサーに乗り換えた。アカガワに逃げられた当初の桜井はひどいものだった。毎日オレに電話してきたし、自殺でもするんじゃないかと心配になるくらい傷ついていた。確かにオレはキューバという国に強い。それは数年前にうちの会社が仕組んだ大規模な夏向きのテーマイベントでオレがキューバのバンドを担当したからだ。それ以来キューバには何度も行って、スペイン語は片言だが友人もたくさんできた。友人のほとんどはミュージシャンや歌手でオレの紹介によって日本のレコード会社からCDを発売したバンドもいるくらいだ。それにしても、ひどく傷つけて男をフッておいて、その友人に、ノコノコと会いに来るような女は最低だ。オレは三人で会って軽く酒を飲んだ時でもキューバの話なんかほとんどしてない。酒の席でキューバの良さを説いたって誰も理解してくれない。キューバ音楽はクラシックやジャズに匹敵する音楽体系と普遍性を持っていて、簡単にその良さを説明できるものじゃないからだ。

「失礼だとは思ったのですが、電話でお話しできるようなことでもないし、どうしてもお聞きしたいことがあったんです」

アカガワは平凡な容姿で、自社ビルを持つ大会社のオフィスに行けば掃いて捨てるほどいるいわゆるキャリアウーマンもどきのファッションをしている。思いつめた表情だが、言ってみれば親友を傷つけた憎むべき女であり、同情する気にはなれない。

「はっきり言うけど、あんたのやってることはフェアじゃない、あんたがどれだけシリアスかなんてオレは知ったことじゃないんだ、あんたは要するに情報を手に入れたいわけだ、そうだよね」

「そうです」

アカガワは小さい声で応じる。本質的なことを理解してない女の顔だ。キューバのダンサーのレベルは高く、その踊りの中には非常に独特でセクシーなものがあるから、フラフラとなる日本人の女がいても全然不思議じゃない。それに、たとえ有名なダンサーでもキューバ人は一律に貧しいから、食い物をおごったり着るものを買ってやったりしてかなり上質の自己満足を味わうこともできる。だがダンサーでもミュージシャンでもキューバ人はみなプライドが高くタフで頭が明晰《めいせき》なので、仕事だろうがプライベートだろうがきちんと付き合うためには大変なエネルギーが要る。このアカガワというキャリアウーマンもどきにそれだけのエネルギーがあるはずがない。思い込みや思い入れといったものはエネルギーにはならない。「思い入れ」それはこの国だけで通用する甘えの代名詞だ。エネルギーというのは経済力、人脈、影響力、それに容姿などの現実的な力のことを言う。ああわたしはこんなに真剣なのにあなたは振り向いてもくれないのね、アカガワはそういう演歌の世界で独りよがりの恋愛ごっこをしているだけで、もちろんそういう自分に気付いていない。

「あんたは、自分がひどい目に遭わせた男の、その友人に情報の提供を求めてるんだ、図々しいと思わないのか?」

「ひどい目、ですか?」

「そりゃ男と女なんてどっちが悪いとかなくて傷つくのも快楽もフィフティ・フィフティだよ、ただオレはサクライ側の人間だってことだ」

「あの、サクライさんにはわたしの代わりなんか、きっと大勢……」

「そりゃあんたがそう思ってるだけだ、あいつの痛みなんか知ったこっちゃないっていうとの、エクスキューズだ、まあいい、あんたとはサクライのことを話したくない、あんたは本当に図々しいと思うな、あんたは、どうしても聞きたいって言うけど、そりゃあんたの都合だ、いいかい、オレの方にも都合はあるんだよ、要するにあんたは自分のことしか考えてないわけじゃないか」

驚いたことに、アカガワは、その通りです、と言って何度もうなずき、静かに涙を流し始めた。お嬢さん育ちのオフクロにしっかり甘やかされて育ったオレは、地味な風情の女が泣くのを見るのが嫌いだ。泣く人間には弱いということだ。ソファとテーブルがアトランダムに置かれた会社のロビーにオレ達はいる。同僚や部下がこのツーショットを見たら面白がって言いふらすに決まってる。村田部長が地味な女泣かせてましたよ。

「あのさ、泣くの止めてくれないかな」

「すみません、もう帰ります、でも一つ言わせて下さい、サクライさんにしてもムラタさんにしても立派な方です、皮肉じゃなくて本当にそう思います、わたしは、ムラタさんがおっしゃった通りの人間です、自分のことしか考えてません、それは弱いからなんです、弱くて、何の力も才能もなくて余裕がないから他の人の都合を考えられないんです、だから、わたしだってわかってるんです」

帰ると言ったくせにアカガワはソファから立ち上がろうとしなかった。オレは正しいことを言っただけでアカガワを苛めてるわけじゃないが、たぶん誰もそういう風には見ない。オレはテレビコマーシャルが主で、キャスティングセクションを事実上まかされている。オレの遊び人としてのたたずまいが、強《こわ》もてのプロダクション向きだということで、アイドル系からアート系まで、タレントとの付き合いも多い。アカガワは普通の状態だと地味だからタレントには見えないが、泣いてて両手で顔を被っているために、誤解を生む可能性がないこともない。ムラタが売れないタレントを泣かせて喜んでいる、というわけだ。じゃあそういうことで、とオレがさっさと席を立てばいいのだろうが、オフクロ似のスウィートな性格なのでそれもできない。要するにお人好しなのだ。オフクロは『水戸黄門』や『銭形平次』で弱者が悪者に肉親を殺されるシーンを見て、可哀想だとオイオイ泣くような女だった。オレはそういう血を受け継いでいる。

「それでさ、オレに聞きたいことって何なんだよ」

そう言ってやると、アカガワは涙を拭いながらこちらを見た。涙で化粧がドロドロでとても正視できない。その顔を見て、こいつは妙にタフなのかも知れないな、と思った。何だかんだ言って、好きなように生きてるのはこういう女なのかも知れない。こんなのにハマるなんて桜井もバカだ。

「キューバの、結婚のことです」

「結婚」

「ええ、わたしがキューバに行って、キューバ人の男性と結婚するとしますよね、それで、わたしは日本人でいられるんでしょうか?」

「それはオレにはわからない、日本政府の問題だろう、法律は苦手なんだよ」

「キューバで赤ちゃんを産んで、離婚とかすることになったら、赤ちゃんを日本に連れて帰れるんでしょうか?」

「それも知らないよ、オレが詳しいのはキューバの音楽なんだから」

何だ、この人はこういうことは知らないのか、という顔で泣き止んで、アカガワはあっさりと帰って行った。帰り際に、わたしキューバに行こうと思うんです、と言った。好きにしなよ、とオレは言葉を返した。

アカガワに会ったことを伝えとかなきゃいかんだろうと思い、桜井に電話することにした。逃げられて一年、最悪の状態は脱していたが、アカガワのニュースを聞かせるとまた落ち込むんだろうな、と気が重くなった。だが、隠しておくのはフェアじゃない。アカガワの結婚の決意を知らせると古傷が開くんだろうが、傷っていうのはそうやって回復していくもんだ。

「はい、サクライです」

まるで地獄から響いてくるような声だった。このところ、仕事もうまくいってかなり明るくなっていたのに、一年前に逆戻りしたような声でサクライは電話をとった。

「おお、ムラタか、お前に電話しようと思ってたんだ」

とてもアカガワのことを話せる雰囲気じゃない。破産とか肉親の死とか、そういう時みたいな声だった。

「何かあったのか?」

「そうなんだ、どうすればいいのかわからない」

「アカガワのことで何かあったのか?」

「ミエコに関することではあるんだが、また、別件だ、お前、アダルトビデオとか裏ビデオとかそういう業界にも強いよな」

「まあ、少しは知ってるけど、それがどうしたんだ」

「実際に制作してる連中とも知り合いだし、百本近く持ってるって言ってたじゃないか」

「昔の話だよ」

「そういうものの中に、隠し撮りとか、あるのか?」

「隠し撮りってシリーズはあるけど、実際はほとんどヤラセだよ、ただ、有名人の流出ものってジャンルがあって、これはラブホテルのカメラに操作するんだが、最近はあまり聞かねえな、お前、まさか」

「オレとミエコが映ってるビデオが存在するんだ」

「お前バカじゃねえのか有名人のくせにラブホテルでビデオなんか」

「ラブホテルじゃないんだ」

「じゃどこだ」

「ホテル、お前は知ってるだろう、赤坂のリージェント・パークの、オレの部屋のベッドルームだ」

「いったい、誰が撮ったんだ？」

「オレだ」

「え？」

「オレが撮ったんだ、西ドイツ製の極小のビデオカメラを貰って、それで何回か撮ったことがあるんだ、いつか話したけどミエコは軽度のヒステリーでその後はすごいセックスになるんだよ、ちょっと口じゃ言えないようなセックスで、ヒステリーの反動なんだろうけど、それで記録しておこうと思ったんだが」

「アカガワが売ったのか？」

「ミエコじゃない、あいつにはカメラがあることは黙ってたから、そんなものがあるってことも知らない」
「話がよくわからんな、順番に話せよ」
「今、新しい映画の、主演女優のオーディションをやってるんだ、それで、ある小さなプロダクションの、若僧のジャーマネが、ちょっとすみませんって隅にオレを手招きして言うんだよ、『実は、先生が映ってるカラミのビデオを見たって奴がいるんですけど、そんなもん、嘘ですよね』って言うんだ、オレは最初何のことかわからなかったが、イヤな予感がしてホテルの部屋に戻って棚の中を見ると、テープが一本足りなかったんだ、テープは五本あったが、四本に減ってた、鍵のかかる観音開きの扉付の棚で、鍵は壊されたりしてなかった、だけど、テープは盗まれてたんだ」
「アカガワは知ってて、こっそり、盗んだんだよ」
「それはない、ミエコがどんだけ度胸があっても、あれはちょっと他人には見せられないはずだ、それにオレは撮影済みテープを一度南青山の事務所に持ち帰って、ハイエイトからVHSに編集ダビングして、オリジナルのハイエイトのテープは処分したし、VHSをホテルに持ち込んだのはミエコと別れてしばらく経ってからなんだ、だからミエコは絶対に盗めない、ミエコは南青山には来たことがないからな」

「お前、自分のセックスを編集したのか？」

「自分でも異常だと思ったけどな、でも今はそんなこと言ってる場合じゃないんだよ」

「若僧のジャーマネに聞いたか？　ビデオを見た奴のこと」

「青山墓地の、入口近くの、屋台のラーメン屋で偶然会った奴だそうだ、先週の木曜の深夜に女優連れてラーメン食いながらオレのことを話してたら、三十そこそこだろうって言ってたけど、そいつが話しかけてきて」

「どんな奴だ」

「三十そこそこで、痩せてて、タクシーの運転手みたいな奴だったって言ってたな」

「ラーメンの屋台の客？　それはどうしようもないぞ」

「黒いベレー帽を被ってたそうだ、ほら、スペインの、バスク人が被ってるようなやつだよ、他に頼める奴が誰もいないんだ、頼む、何とかしてくれ」

オレだって忙しい、とオレは言った。それは本当だったし、たとえビデオが流出して売られても、似てるけど別人だと主張すれば、小さなスキャンダルにはなってもそんなものみんなすぐ忘れてしまう。相手が有名女優だったら話は別だが。断わろうと思ったが桜井は泣きそうな声で言った。

「本当に頼む、あのミエコとのセックスだぞ、オレがあいつのことで、どんな思いを味わったかお前よく知ってるじゃないか！　それを他の人間に見られるなんて、神経がもたないよ、それに」

「それに何だ」

「お前が原盤持ってるキューバの音楽だが」

「何の関係があるんだ」

「今度の映画に使わせて貰うよ」

お人好しのオレは、結局折れた。キューバの音楽家達は国民に支えられて水準の高い教育を受け、劣悪な制作環境に負けず、伝統を尊重しつつ、新しく優れた音楽を作り続けている。オレはずっと彼らの力になりたいと思ってきた。桜井の映画は日本全国で公開されるしビデオも人気が高いのでキューバ音楽が使用されれば話題になるだろう。著作権料や使用料も少なからず彼らの懐に入る。オレは、自分の好きな人間達が喜ぶのを見るのが好きなんだ、とようやく最近わかった。桜井洋一とキューバ人ミュージシャンが喜んでくれるんだったら、深夜にラーメンの屋台を張り込むくらいヨシとしようじゃないか、オレはそういう結論に達した。

青山墓地の入口、オレは直属の部下を一人連れて行った。坂木という二十六歳の営業マンでオレと同じく縁故入社で高校・大学とキックボクシング部の主将だった。坂木にはもちろんミッションの全容を伝えていない。オレ達はキューバの女性歌手シオマラ・ラウガーのボーカルを低くカー・ステレオで流して、屋台の側面に停めた九五年型カローラの中にいる。目立たない車でないと怪しまれますよ、とエド・マクベインのファンの坂木が彼の友人から借りたカローラだ。オレや坂木はカローラには普通乗らない。特殊部隊フリークでもある坂木は、屋台周辺にはかなり明るい灯りがともっているにもかかわらず、イスラエル陸軍放出の暗視装置付ナイトゴーグルをはめている。九五年型カローラは確かに目立たないが、運転席でナイトゴーグルをつけた坂木は目立つ。

「犯人の特徴がベレー帽だけっていうのは辛いかも知れませんね」

　坂木はＳＷＡＴの隊員みたいな黒ずくめの格好をしている。さっき武器を見せてくれた。昏倒スプレー、スタンガン、コンバットナイフ、底に砂を詰めた細長い革袋、それにメリケンジャックとヌンチャクまで持って来ていた。

「黒いベレーはかなり特殊だ、似顔絵描きでも最近はそんなもの被ってないからな、それに、犯人なんかじゃないぞ」

「犯人じゃない？」

「ああ、質問はしないでくれ」

「もちろんです、スペツナズの下級隊員は決して作戦の全容を知らないものです、そして知らないままハンガリー国境の湿地帯で死んでいくんです」

坂木はスペッツナズを敬愛しているくせに実生活ではひどい潔癖症だ。特にゴキブリが苦手で、湯沸室で一匹見たと言ってオフィスの床に五百個のホイホイを並べたことがあった。

屋台が店開きした頃から見張っているが、深夜の十二時を過ぎてもベレー帽は現われない。

「犯人は本当にタクシーの運転手なんですかね？」

「て言うか、あの屋台の客の九割がタクシーの運転手なんだ、犯人じゃないけどね」

「先週の木曜日に現われたわけですよね、きょうは水曜ですが」

「都内のタクシー会社に大まかな勤務時間のシフトを聞いて確かめたんだ、個人タクシーはまったく別らしいが、三十そこそこの男だって話だからさ、そんな若い個人タクシーの運転手はいないだろう」

「でも犯人が、大宮と横須賀と八日市場にホステスを送って行くチケット払いのNHK職員を乗せたとしたら、ラーメン食う時間なんかありませんよ、フジテレビの客でも同じことですけど」

よく喋ってうるさいこともあって、坂木を偵察にやった。屋台は繁盛している。常に七、八人の客が順番を待っていて、ファッションから判断するとそのほとんどがタクシーの運転手だ。彼らは似たような服を着てラーメンの入ったドンブリを受け取ると無言で食べる。三十そこそこという年輩の者はまずいない。みな三十代後半から五十代といったところだ。屋台の向かいのかなり広い並木道に三十台近いタクシーが停まっている。ラーメンのためだけに停まっているわけではなくて、煙草を吸いながら休憩して仲間どうしで談笑しているのもいるし、運転席のリクライニングを倒して仮眠をとっている者もいる。仮眠している運転手はここからでは顔は見えないので、坂木を偵察にやったわけだ。坂木はすべての武器を携行すると言い張ったが止めさせた。ナイトゴーグルをはめたままでカローラの外に出て行こうとしたので、それも外させた。だが坂木は黒のセーターの下に隠して、ゴーグルを離さなかった。

「すべての容疑者をじっくり観察してきます、部長、じっくり見なきゃいかんのですよ、なぜだかわかりますか？　ポケット等にベレー帽を忍ばせている場合があるからです、『コンバット』のケリーを知ってますか？　フランス系兵士のケリーは黒いベレーをいつも肩タッグにはさみ込んでるんです」

ラーメンを食べている人々をじろじろ眺める黒ずくめの坂木は異様だった。普通だったら「てめえ、何ジロジロ見てんだ」と怒鳴る奴もいるはずだが、坂木の服装と挙動が変なのでかかわり合いになるのをみんな嫌がっているようだ。隠し持ったゴーグルで腹のあたりがポコッと脹《ふく》らんだ黒のセーター、フルマスクの黒の毛糸の帽子、黒の野戦パンツに黒の編み上げブーツ、そして妙な歩き方と目付き、誰が見ても変質者だ。

坂木はカニと猫を合わせたような動きで道路を渡り、駐車しているタクシーの列に近づいて、暗視ゴーグルを取り出して装着し、一台ずつかなりの時間をかけて車内を覗き始めた。

並木道は街灯がないのでかなり暗い。黒ずくめの坂木は本当に闇に溶け込んでしまった。

十五分ほど経っただろうか、坂木が闇から現われてオレを呼んだ。両手を使って手招きしている。変質者がわけのわからないダンスを踊っているようで、警官が見たらきっと逮捕しただろう。オレはカローラから出て、坂木の方へと走った。

「人間は乗ってないんですが、ちょっとこれをつけて見て下さい」

ゴーグルをつけてなくても助手席の様子は見えたが、坂木がうるさいので言う通りにした。

ざらついた粒子の粗いグリーンの視界の中心に、黒のベレー帽がはっきりと浮かび上がった。

ラーメンを食べている連中に若い奴は見当たらない。自販機でコーヒーでも買ってるんですかね、と坂木が言った時、背後から男の低いかすれた声が聞こえた。

「あんたら、何してんだ？」

あたりは暗いので顔はよく見えなかったが、手足の長い、痩せた背の高い男だった。

「いや、散歩してたら助手席に黒いベレー帽が見えたもんでね」

とオレは言った。

「今時、珍しいなと思ったんだ、オヤジが画家で、昔ずっと被ってたもんだから、懐かしくてさ」

相手を変に身構えさせてはいけないと思いそういう嘘をついた。

長身の男は自分の車のドアを開けてベレー帽をとり、被ってみせた。坂木は野戦パンツのポケットに右手を突っ込んでいる。たぶん何か隠し持っているんだろう、昏倒スプレーかスタンガンか。

「これ、じゃあ、やるよ」

長身の男がオレにベレー帽を投げてよこした。

「自分で被ってオヤジさんを思い出せばいいじゃないか」

変わった奴だな、とオレは思った。ベレー帽を無造作に見知らぬ他人にプレゼントする。優しそうでもあるし、冷酷な感じもする。ほら、これやるよ、と言ってなけなしの金を誰かに恵むタイプにも見えるし、ほら、これやるよ、と同じ口調で誰かをナイフで突然刺すようなムードもある。

「いや、ベレー帽は要らないよ」

オレがそう言って返そうとすると、なぜだ、とさらに低い声で聞いた。

「オヤジは死んだから、思い出すのは辛いんだ」

なるほどね、と言って長身の男はオレからベレー帽を受け取る。その時走って来た車のヘッドライトで一瞬男の顔が見えた。前髪が額にかかっていたが、三十そこそこではなくもっと若い。二十代半ば、ひょっとしたら二十代前半かも知れない。妙にツルッとした肌と、切れ長の一重瞼の目、少なくとも坂木よりは女の子にもてるだろう。

「ちょっと聞きたいことがあるんだよ」

タクシーに乗り込もうとする男にオレは言った。男はベレー帽を目深《まぶか》に被り、振り向く。

「桜井洋一って映画監督が映っているビデオのことを知りたいんだ」

長身の男は桜井洋一という固有名詞に不思議な反応を見せた。死んだ親友か肉親の名前をふいに聞いてしまった、心の傷がその名前で突然開いてしまった、そんな表情だった。

「あんたら警察?」

「違う」

「じゃあ、そのスジの人?」

「そんなんじゃない、サクライの友達だ、ビデオテープを取り戻したいんだ、何か知ってることがあったら教えてくれ」

長身の男はしばらく黙って、ほとんど聞きとれない声で言った。

「オレが持ってる」

信じられないことに、そのビデオはオレが知っているどんな裏ビデオより画質が良かった。桜井はベッドルームの灯りを全部つけてアカガワとセックスしていたのだ。カメラは一台だけなのだろうか、二人のからだがすべて収まるワイドショットもあるし、顔のクローズアップもある。プロである桜井本人が編集したわけだからワイドショットとアップのバランスもいい。しかもビデオカメラの位置を知っているためか自分で編集の際にカットしたのか、桜井の顔はあまり映っていない。主役はアカガワミエコだ。

長身の男が、「一度一緒に見よう、そしたらテープ返すからさ」と言って、男のアパートでビデオを映し始めた時、オレは坂木に車に戻って待機してるように、と言った。坂木にそんなものを見せるわけにはいかなかった。オレも見たくなかった。親友のセックスなんか見たがる奴は普通いない。見たくないからすぐに返してくれないか、と言ったが長身の男は、なぜか承知しなかった。男には得体の知れないムードがあったので、オレは本能的に逆らわない方がいいと思った。男はタクシーで自分のアパートまで先導した。上板橋のチンケな飲み屋街の裏手にあるモルタル建ての二階の六畳一間の汚なく古い部屋にはジーパンとトレーナー姿の女が毛布にくるまって寝ていた。男は女を恋人だと紹介した。女はオレと坂木に驚いて毛布にくるまったまま部屋の隅に逃げるように退いた。心配ないよ、と男は女に言った。

「桜井洋一の友達だそうだ、ビデオを返そうと思ってさ」

女は男がそう言っても、怯え続け、不安そうな眼差しでオレ達を眺めて小刻みに震え続けた。この女は言葉が不自由なのだ、とオレは思った。ビデオをスタートさせる前に男は「何か飲みますか?」と言って、要らないとオレが遠慮したのに、狭いキッチンには不釣り合いなかなり大きい冷蔵庫を開けた。冷蔵庫の中には見事にモノがなかった。葉の色が白っぽく変わって萎《しお》れかかったキャベツと缶コーヒーが一個あるだけだった。

「オレ、何か買ってくるわ」

男がそう言うと、部屋の隅で震えていた女が動物のうめき声みたいな声を出して、激しく首を振った。本当に何も要らないよ、とオレは言った。

「ビデオを見て、返して貰いさえすればすぐ帰るから」

そうやって、ほとんど家具のない、暖房器具もない寒い狭い部屋でビデオの上映会が始まったのだ。信じられないことに、桜井はビデオの頭にタイトルまで文字編集で入れていた。

「わたしの、すべてを」

状況がまともだったら笑っただろうがそんな雰囲気じゃなかった。部屋の隅で動かない女は追い詰められて傷ついた野犬のような目でオレを見ていたし、時間が経つにつれ寒さが身に染みてきた。オレはウールのコートを脱いでいなかったがそれでも寒かった。部屋の中だというのに吐く息が白く濁った。こんな部屋でこの二人はどうやって暮らしているのだろうと思った。タイトルが終わると、何も映っていない黒味の画面に声だけが聞こえてきた。整音済みの、明瞭な声だ。桜井洋一とアカガワミエコの声。アカガワは泣き声で、叫んでいた。

「聞こえないよ」

「ごめんなさい」

「聞こえないよ」

「ごめんなさい、許して」

「だから聞こえないって言ってんだろ？　いいかミエコ、このホテルのガードマンやメイドがびっくりしてとんでくるような大声を出さなきゃだめだ、声がかすれて裏返るくらい大声で謝り続けなきゃ許さないってオレは言ってるんだぞ」

「許して下さい、もうだめ、あたし、もうだめ」

「謝れよ」

「ごめんなさい」

「大きな声だ」

「ごめんなさい」

「涙とかよだれとかドロドロ垂らしながら謝るんだ」

「ごめんなさい」

画面にアカガワミエコの顔がクローズアップで映った。泣いていて化粧が崩れ汗で汚れ髪の毛が額や頬に張りついている。その髪の毛を見憶えのある手が、桜井の手が肌から剝がし、なでつけ、そしてアカガワの顎の先にかけて顔全体を上向かせ、殴った。平手で何度も頬を張るのだが、顔には汗が浮いているためにピチャッという湿った音になった。殴られる合間に、アカガワミエコは、ごめんなさい、と叫ぶことを強要される。音が割れるほどのボリュームでアカガワミエコは謝罪し続ける。頰があっという間に赤く染まっていき、顔は本当に涙やよだれやその他のものでドロドロになっていった。

「なんで殴られるのかわかるか?」

「はい」

「言え」

「あたしが」

「大声で言え、泣きながら言うんだ」

「あたしがまたヒステリーを起こして」

「ヒステリーを起こして何て言ったんだ」

「最低の、男だって」

「聞こえないよ」

「最低の男だって言いました」

殴打は頬だけではなく全身に拡がった。特にアカガワミエコの尻は紫色の筋が何十本とつくまで徹底的に殴られた。尻が打たれる時にはアカガワミエコの性器が画面いっぱいに大写しになり、オレは残酷な気分になってしまって、目をそらした。長身の男が画面を見ながら笑っているのが目に入った。男はYシャツとタクシー会社支給の薄手の紺の背広という格好で寒がりもせず、楽しそうに笑っていた。ビデオは、その後えんえんと続くフェラチオとセックスのシーンになり、アカガワミエコの手が桜井のペニスをつかむところでスローモーションになって、ビリー・ホリディの「わたしの、すべてを」が聞こえてきて、やがてマニキュアをした手とペニスのクローズアップのままストップモーションとなり、終わった。

長身の男は、ビデオを巻き戻し、取り出してケースにしまい、オレに渡した。ビデオの背にはごていねいに「わたしの、すべてを」とレタリング・トーンを貼ったタイトルが印されている。

じゃあ、とオレが言って立ち上がろうとすると、ちょっと待ってくれ、と長身の男が引きとめた。金かな、とオレは思った。もしものことを考えて、まとまった額の一万円札の束を車に置いてある。話がこじれてムードが険悪になった場合は部屋のガラスを割って坂木に合図を送ることになっていた。部屋を出て行く時にスペッツナズ・フリークの坂木がそう耳打ちしたのだ。カーテンがないので、緊急の際にも何かモノを投げれば窓ガラスを割ることができる。何か硬くて小さなものがあったかどうかポケットを探っていると、長身の男が静かに、本当に静かに、話しだした。

「彼女は、少し」

そう言って隅で毛布にくるまる女の方を見る。女が何かに気付いたように激しく首を振った。長身の男は立ち上がっていって、女に近づき、肩に手を置いて、心配ないよ、と優しい声で言った。オレはそういう声を聞いたことがなかった。低く、少しかすれていて、穏やかで、聞く者を安心させる声だった。

「心配ないよ、あいつは警察でもヤクザでもないんだ、桜井洋一の友達なんだ、間違いないよ、さっきオレの車の中で出身学校とかいろいろ聞いてみたんだ、オレが、桜井洋一のことなら何でも知ってるの、エリコは知ってるだろう？　あいつは桜井洋一と同じ高校だった、本当に友達なんだよ、だからエリコのことを少し説明したいんだ、オレとエリコが、変な動機じゃなかったってことを言った方がいいだろう？」

女は、尖った顎を動かして、二、三度うなずいた。男はこちらには戻って来ないで、女のすぐ傍に坐り、再びオレに話しだした。

「オレは絶対に嘘をつかないし、彼女はエリコって名前だけど、エリコも嘘はつかない、エリコは人の何倍も神経が過敏で、だから知らない人とは話せない、でもエリコを誤解しないでくれ、世の中にはそういう人もいるんだ、オレとエリコのプライベートなストーリーは省くけど、こうやって一緒に住むようになってから、お互いに嘘をつかないようにって、とりあえずそれだけを約束したんだ、他の人にも、ひどいことをされたって、嘘だけはつかないって二人で約束した、オレ達のこと、つまり絶対に嘘はつかないってことだけど、信用してくれるかな」

信用する、とオレは言った。

「じゃあ、この部屋には嘘は存在しないわけだ、オレも嘘をつかないよ」

なるべく穏やかな口調になるよう努力してそう付け加えた。

「オレは役者になりたいって思ってる人間で桜井洋一のファンだ、尊敬してるしあの人のことは雑誌とかで読んでたいてい知ってる、そいでエリコは赤坂のリージェント・パークってホテルでメイドのバイトをしてる、これで大まかな説明はつくと思うんだけど、どうかな?」

オレはうなずいた。

「エリコは、桜井洋一の仕事場があるって知らずに勤めてたんだけど、知ってからはオレにいろいろ教えてくれて、オレが喜ぶもんだから、もっと喜ばせてやろうと思っただけなんだ、新しい映画か何かのビデオだと思ったらしい」

「あのタイトルじゃ無理ないよ」

「ダビングして、返すつもりだった、でもダビングするような内容じゃないし、返しに行くのをエリコが恐がって、それで、まあ、こういう結果になった」

「一つ、聞いていいか？」

「何でも、いくらでも」

「なぜ、オレにビデオを見せたんだ？」

「別に理由はないよ、最後に、みんなで一緒に見ようと思っただけだ、プライベートなビデオではあるけど、ラストのスローモーションはきれいなショットだと思うよ、音楽もいいし」

「ビリー・ホリディが？」

「それはあの女の歌手の名前？」

「そうだ」

「あの女の声はちょっと肌に合わないな、曲がいいんだよ、エリコもあの曲は好きなんだ、エリコが好きそうな声の歌手で、とＣＤを何枚か、あの曲が入ってるやつを捜したけど見つからなかった」

ちょっと待っててくれ、とオレは言って立ち上がった。すぐ戻るから待っててくれ、ここ、カセットは聞けるか？　そう聞くと、長身の男は怪訝《けげん》そうな表情でうなずいた。

オレは車のドアをノックし、眠りから覚めた坂木が何か叫び出すのを無視して、カー・ステレオからカセットを抜き、二人が待つ寒い部屋に戻った。

そして二人に、シオマラ・ラウガーの「わたしの、すべてを」を聞かせた。天才フルート奏者にしてキューバ最高のホーン・アレンジャーであるホセ・ルイス・コルテス編曲のイントロが始まる。トランペットはホアン・ムンギア、アルトサックスはヘルマン・ベラスコ、テナーサックスはカルロス・アベロフ、三人とも元はイラケレという有名なバンドに属し、恐怖のブラス隊、と呼ばれていた。弦楽器でも同じだが、アンサンブルはそれぞれ一人一人の技術が高くないと全体の音が濁る。キューバの一流のホーン奏者はまず音色が際立って美しい。音が、キラキラと輝く粒子となって目に見えるようだ、といつもオレはそう思う。そして、寒い部屋に、暖かい空気が流れ込むように、シオマラ・ラウガーのボーカルが聞こえてきた。柔らかく、ほんの少しだけハスキーで、あらゆるものをそっと包み込むようなシオマラの声。

「もう一度、聞きたい」

曲が終わって、カセットを止めると、エリコという女が初めて声を出した。エリコは相変わらず怯えた表情をしていたが毛布から覗く素足の先で軽くリズムをとっていた。オレはエリコという女に教えてやりたかった。キューバの一流のバンドはね、日本一の恥ずかしがりでも、世界一神経過敏な子でも、踊りだすんだぜ。

「このカセットあげるから、好きなだけ聞きなよ」

オレはそう言って部屋を出た。暗い鉄製の階段を降りて九五年型カローラまで歩きながら、桜井との約束の映画音楽にはシオマラ・ラウガーのボーカルを使って貰うかな、と考えた。だが、あの曲は止めた方が無難だろうな、ビデオを見てしまったことがばれるかも知れないしな。

作戦は成功した、と坂木に告げて、車に乗り込む時に、二人の部屋からシオマラ・ラウガーの「わたしの、すべてを」がかすかに聞こえてきた。

わたしのすべてを奪ってちょうだい、
わたしの唇を、
あなたに奪われたいの、
わたしの腕を
あなたを抱きしめる時の外《ほか》には使わない

あなたは去っていく、
わたしを一人残して
あなたなしでどう生きろっていうの?
心だけを奪っていくなんてあんまり
わたしのすべてを奪って欲しかった
わたしの、すべてを

かすかに洩れてくる歌を聞きながら、オレはなぜかビデオのラストシーンを思い浮かべてしまった。アカガワミエコの赤いマニキュアの指と、手が、スローモーションで動いていって、やがてすべてが静止してしまうラストの映像が目の裏側になぜか甦ってきた。

post card

料金受取人払

赤坂局承認

188

差出有効期間
平成13年6月
30日まで
切手を貼らずに
お出しください。

107-8739

(受取人)
東京都港区南青山5丁目10-2
株式会社オーエムエムジー

オーネット結婚チャンスカード
係行

● FAXでもご応募できます。FAX03-3486-0676

● あなた自身のことをお聞かせください。

フリガナ					性　別		血液型	
お名前					男・女		型	
生年月日	昭和　年　月　日　歳		身長	cm	体重		kg	
ご住所	〒□□□-□□□□							
お電話	ご自宅			勤務先				
	携帯・PHS							
ご職業		年収	万円(税込)	在職年数	年	休日	日・月・火・水・木・金・土・祝	
学歴(✓をつける)	□中学校 □高校 □各種専門	□短大・高専 □大学 □大学院	□卒業 □中退 □在学中	婚姻歴(✓をつける)	□未婚 □死別	□離別	子供　人	
				同居家族	□あり　人		□なし	

● お相手の希望プロフィールは?

年齢	歳から		歳まで
学歴(○×をつける)	中学校	高校	各種専門
	短大高専	大学	大学院
身長	cmから		cmまで
年収	万円以上(税込)		
婚姻歴(○×をつける)	未婚	離別	死別

● あなたの性格傾向は?

1　縁起について	□非常に気にする	□多少気にする	□全く気にしない
2　服装は?	□派手好き	□地味好き	□一般的
3　自分は個性的か?	□非常に個性的	□どちらかというと個性的	□個性的でない
4　物事の考え方	□進歩的	□保守的	□どちらでもない
5　他人が自分のことをどう思うか?	□非常に気になる	□多少気になる	□全く気にしない
6　観劇やTVドラマを見て涙が出て困ることがある	□その通り	□時にはそんなことも	□全くない
7　他人のしていることが	□気になる	□あまり気にしない	□全く気にしない
8　ペットを飼うことが	□非常に好き	□意識しない	□大嫌い
9　ボクシングを見て	□非常に面白い	□たまには面白い	□ほとんど興味がない
10　神社・仏閣を見て歩くことが	□大好き	□あまり興味がない	□どちらかというと嫌い

● 応募は家族に　□オープン　□秘密

■応募資格　男性は20歳以上で定職のある方、女性は18歳以上。いずれも独身の方。■ご記入いただいたデータをもとにコンピュータで無料診断した結果と、オーネットがよくわかるビデオを、最寄りの支社よりさしあげます。

■このハガキは、入会申し込み書ではありませんのでお気軽に。プライバシーは厳守します。

● ビデオ　□希望する　□希望しない

14K054-ZP563-320-000325Ⓚ003016-0303-02

出会いのチャンスを広げるビデオをプレゼント。チャンステストの結果も、無料で差しあげます。

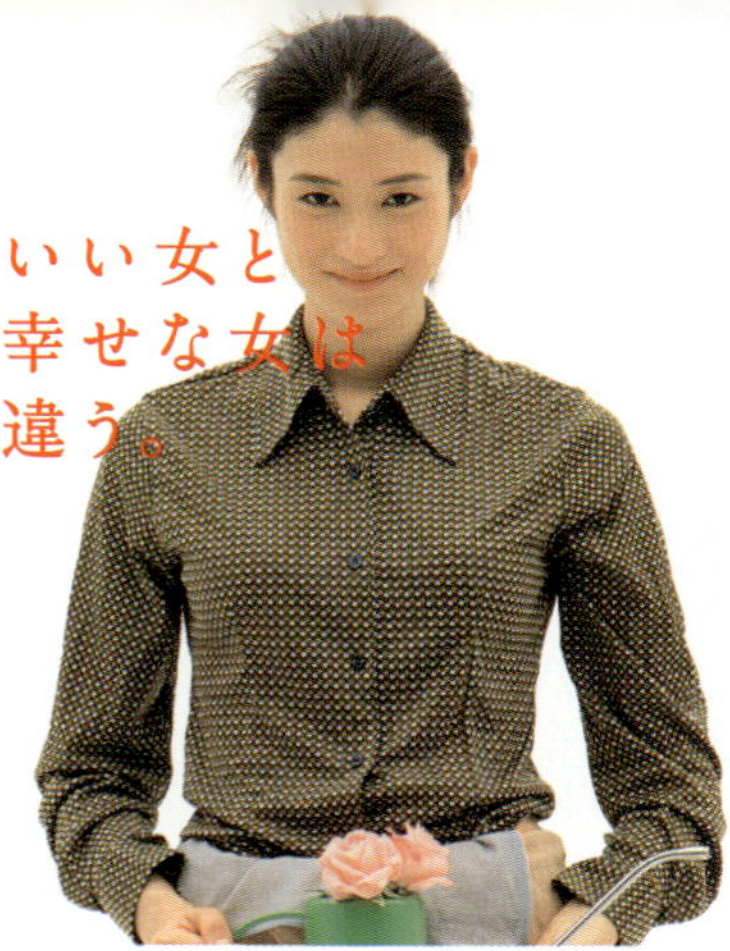
いい女と
幸せな女は
違う。

そしてめぐり逢い

1

電話を待つ間、オレはN・Yのマッサージパーラーのことを考えていた。どういうわけでマッサージパーラーのことが頭に浮かんだのか、それは思い出せない。

ダウンタウン、十七丁目の、七番街と八番街の間にあった。看板なんかはもちろんない。フィリピーナやコーリアンではない。中国系の亡命ベトナム人だけを集めたクラブで会員制ではないが紹介者がなければ入ることはできないし、ただのツーリストにはその場所はまったくわからないはずだ。「スクリュー」などのセックスペーパーにも載っていないし、その建物の前を通ってもそこに秘密のマッサージパーラーがあるとは絶対にわからない。専用のエレベーターの前に黒人のガードマンがいるが彼はフランス語とアラビックを操り、身長は一メートル九十をこえる元フットボールの選手だった。

四十五口径のマグナムを下げた彼が愛想よく、どこへ行くのかとたずね、「サクレクール寺院」とそのマッサージパーラーの名をいうと、エレベーターへ乗せてくれて、四階まで一緒に行くことになる。その建物自体も玄関もエレベーターホールもガードマンもエレベーターの箱の中も、ダウンタウンにある派手な職種の人間が住むアパートメントのそれとあまり変わらない。要するに秘密めいたところはないわけだ。四階まで上がったところで、ガードマンがエレベーターのドアを開け客が「サクレクール寺院」の場所を知っているかどうか確かめる。どちらへ行っていいかわからずにまごまごしていると、元フットボール選手のガードマンは唇の端に笑みを浮かべて人差し指を横に振り、もう一度エレベーターに乗って下に降り、建物も出て行かなければならない。

「サクレクール寺院」の入口は、絨毯を踏みしめて細い廊下を右へ行き、突き当たりを左へ曲がったところにある。客が入口へたどり着いたことを確かめるとガードマンは五、六歩下がったところで海軍式の敬礼をして立ち去る。

入口は樫《かし》の木と鉄板を組み合わせた重そうな扉だ。例によってトーチカの銃眼のような覗き窓があり合言葉はないがそこで有力紹介者の名前をあげるわけだ。

その扉の向こうには、羽根飾りやスパンコールやレースのフリルやガーターベルトやチャイニーズドレスに身を包んだ女達と、スチームバスとサウナと全身美容室とシャワーとウォーターベッドがある。

オレはN・Yに一カ月いた時にそこに二回だけ行った。一回目はシラフだったが、二回目はコークできめて行った。コカインを勧めたのはある有名なスポーツ選手だ。オレには麻薬の趣味はないが、せっかく高い金を払って女を抱くんだからビンビンでないとつまんないだろう？　とそのスポーツ選手が言うのでコーク・ピュア・ブレスをやったのだ。コカインは初めてではなかったが、ピュア・ブレスはやったことがなかった。純度九十九パーセント以上のコークを細いガラス管に入れて直火《じかび》で温め、気化したものを吸い込むのだから、当然ビンビンに効く。コークをやるとすぐに色情狂になるわけではない。欲望の対象がこちらを刺激してくればその時に脳がケダモノになるわけだが、だからその効能は娼婦とするのに最も適している、というそのスポーツ選手には説得力があった。

女達は、七、八人いるのだが、レオタードや水着ではなくきちんと盛装している。女達はその「サクレクール寺院」のある建物の中にほぼ監禁同然に閉じ込められているが、それは強制でもなんでもない。彼女達は裕福な家に生まれながらアメリカ帝国主義が意外にだらしなかったためにマリークワントの口紅一本持ち出せず、からだひとつで飛行機や船に乗り込んだのだった。彼女達はこの「サクレクール寺院」で英語を覚えコネクションを作りそして何よりもドルを貯める。早い女だったら一年間で充分な資金とその運用法と完璧な英語を身につけてマンハッタンの街に出て行き新しい人間となる。

そういうシステムは古代エジプトの時代からえんえんとあるんだとオレはポーランド系ジューイッシュの代理店社長に聞いたことがある。

2

オレは全身にコカインをいきわたらせて「エン」という名前の中仏混血娘を選んだ。日本の経済人が喜びそうな名だが、顔を思い出せない。からだは、まあ典型的な高級売春婦のものだった。オレはプロスポーツの選手を買ったり売ったりする商売をしているのでひとのからだを見る目はもっているつもりだが、「エン」は正統的な高級娼婦のプロポーションをしていた。彼女達には共通の特徴があるがそれは一つないし二つの明瞭な欠点だ。

歯並びとか尻の肉の下がり具合とか足首の太さとか背中の濃い毛とかそんなものだが、他の大部分が美しいために奇妙なアンバランスが生まれる。

「エン」はあそこの毛に白いものがまじっていた。それに足の指が太かった。だが、欠点といえばそれくらいで、オレはピュア・ブレスのせいもあってビンビンに反り返るほど勃起し、

「エル・クンバンチェロ」の速いリズムに合わせて、バックから突きまくったのだった。

そういうことを思い出していたら、急に「エル・クンバンチェロ」を聞きたくなって、オレはソファから起き上がりレコード棚を捜した。

確かペレス・プラードが一枚あったはずだ。オレの音楽の趣味は幅広いというより節操がなくて、まあその時期の流行に左右されることもあるのだが、美空ひばりからシェーンベルクまで、パーシー・フェイスからトーキング・ヘッズまで、広く浅く何でも揃《そろ》えているのだった。

二千枚近くあるのでその中からペレス・プラードを捜すのは大変だ。オレはアルファベット順に整理なんかしていない。

全然見つからなくて、アストル・ピアソラのタンゴでも代わりに聞こうかと思っていたら、国際電話がかかってきた。

マドリッドからで、代理店のイワイという高校時代からのオレの悪友は、三人のマラソン選手が契約に同意した、ともつれた口調で言った。

「イワイ、お前、酔ってんのか?」

「ちょっとワインを飲み過ぎてさ、ごめん、でも仮契約はきちんとやったからな、それがすげえ安いんだ、ポルトガルの選手なんか、千五百ドルだからな、サッカーのワールドカップの代表選手でも日当が三十ドルだったっていうんだから、すごいだろ？　そいつ第三のロペスっていわれてんだぜ」

「わかったから、これから仕事の件で電話してくる時はシラフでかけろ」

「おい、これは酔ってるから言うわけじゃないんだが、ミエって憶えてるか？」

「どこの女だ？」

「クロートじゃないよ、四組にいただろ？　オレらが一年の時に四組にいてさ、二年になると四国の方に転校していったじゃないか」

「ヨシハラミエか？」

「そうだ」

オレもイワイもヨシハラミエが好きだった。正常な十六歳の男なら誰だって、かわいいなと思うような三拍子揃った少女だった。家柄と容姿と頭脳の三拍子だ。確かセメント会社の社長の娘で、上智大に行ったはずだ。

「オレがこんなに酔ってるのもミエのせいなんだ、お前、信じられるか？」

「そっちで会ったのか？」

オレとイワイはヨシハラミエと三人でデートをしたことがあった。植物園に行ったのだ。どうしてヨシハラミエみたいなアイドルがオレ達みたいに謹慎と停学ばかりくらっている不良と付き合ってくれたのかわからなかった。あの時ヨシハラは確か弁当まで作ってきてくれたんだった。そしてオレとイワイは、ああいう三拍子のアイドルに限って敬遠されて寂しいのかも知れないな、思いきって誘ってラッキーだったな、などと後で話したものだった。

「会ったっていうか、顔を見たんだけどさ」

「アホな商社員なんかと結婚してたんだろ、お前センチになるなよ、オレがマドリのいいクラブ紹介してやっただろ？　レーダってブルネットの女がいるから」

「違うんだよ、オレ、ヨシハラミエと実際に会ったわけじゃないんだよ」

「話が見えねえな」

「あいつ、ポルノに出てたんだよ」

「お前何言ってんだ」

「以前はマルセイユだったんだけど、今はスペイン経由でヨーロッパとアメリカにポルノがいったりきたりするんだよ、知ってるだろ？　そいで今一番人気があるのは日本の裏ビデオだ」

「知ってるよ」

「東南アジアの女を使った『オリエンタル・セックス』のシリーズはもうみんな飽きてて、日本人が一番人気があるんだよ」

「どこで見たんだ?」

「マドリのテレビ局のスポーツ部の責任者のオフィスだよ、ニヤニヤしながら見せてくれて、オレも最初はニヤニヤしてたけど、女を見たとたんニヤニヤがひきつっちゃったよ」

「人違いだろ、だってヨシハラも三十二だぞ、三十二でポルノに出るか? 外人とやってるのか? 輸出用のやつなのか?」

「関西の人妻モノで、輸出用じゃない、日本人と絡んでた、若いやつだ、うまそうにチンポペロペロしゃぶってたんだぞ、普通だったら喜ぶけどさ、ダビングの状態がよくて顔が鮮明なんだ、オレ、胃がけいれんしそうだったよ」

「タイトルはわかるか?」

「人妻の悲しきセイタイ、セイはセックスの性で、タイは態度の態だ、『人妻の悲しき性態、そしてめぐり逢い』っていうんだ」

「人生は辛いなあ」

「お前機会があったら見てみろよ」

「見たくねえな」

「オレがベロベロに酔うのもわかるだろ?」

「仕事もきちんとしろよ」

「わかってるよ、モロッコとケニヤは電話が通じないから電報で知らせるよ」

イワイが電話を切った後、ペレス・プラードのレコードがすぐに見つかった。オレは「エル・クンバンチェロ」を聞きながらN・Yの白い陰毛の中国人と、ヨシハラミエのあどけない丸顔と、ヨシハラミエが作ってくれた弁当に入っていたウインナソーセージを交互に頭に浮かべた。

マドリッドは真夜中だ。イワイは女を買ってヨシハラミエのことを忘れようとするだろう。

3

オレはサワコに電話した。サワコは大手の建設会社の秘書課に勤める二十八歳で独身のインランな女だ。

「オレだよ」

「きょうは早起きなのね」

「国際電話がかかってくるんで早く起きたんだよ、ホテルをとるから昼休みに会おうよ」

「いいけど、ベッドが真赤になるよ」

「生理か?」

「バスタオル敷いたってシーツに染みるよ、真最中だから」

「秘書のくせにそんな際どいことよく言うな」

「今、誰もいないんだもの」

「サンドイッチでも買ってきてくれよ」

「あたしきょうお弁当なの、あなたからテルありそうな予感したから、二人分作ってきたからね、食べましょう、一緒に」

オレはオフィスに電話して出社は午後になると伝え、ホテルを予約して、午前十時に家を出た。車のエンジンをかけている時に掃除婦のヒロミさんが、おはようございます、と明るく笑ってオレの家へ入って行った。ヒロミさんはオレの別れた女房を二段階ブスにしたような顔をしている。だからオレはヒロミさんを見るたびに女房がすばらしく美人だったように思えて、無意味な後悔をしてしまうのだ。

ホテルのパーキングに車を入れてから、オレはタクシーで新宿まで行き、歌舞伎町のセックスショップで、「人妻の悲しき性態、そしてめぐり逢い」という裏ビデオがあるかどうか聞いた。その店にはなかったが、他のチェーン店なら半日で取り寄せることができるという。

オレは金を半額払い、ビデオテープが届いたら、ホテルのインフォメーションデスクまで配達してくれるように頼んだ。

「暑いわよ」

サワコは首筋にべっとり汗を掻いてホテルの部屋に入って来た。大股に歩いて部屋を横切り、窓際まで行って、眼下の公園をしばらく眺め、カーテンを閉めた。

「あたし、太陽の下で子供がギャーギャー走り回ってんのを見るの大嫌い」

そう言って紙包みをテーブルの上に置いた。その紙包みからは懐かしい匂いがした。弁当の匂いだ。

「冷房を切ろうよ、裸でうんと汗を掻きたいの」

「暑い暑いっていやな顔をしてたじゃないか、勝手だな」

「労働の汗って悲惨じゃない、あたし、シャワー浴びた方がいい？　それともベトベトのあたしを味わいたい？」

ブラウスを脱ぎながらサワコはそう言った。会ったのはもう三年前で、今こういうことを言っても誰も信用しないが、最初会った時サワコはバージンだった。二十五でバージンだなんて天然記念物だ、とオレはその時思ったが、サワコには処女独特の不潔感がなかった。

ブスで誰からも相手にして貰えない二十過ぎの処女は手入れの悪い庭に似た不潔感があるものだ。

サワコの薄い陰毛の間から白い糸が垂れて、オレはN・Yの「エン」を思い出した。サワコは素裸になってバスタオルをていねいにシーツの上に拡げた。

女房と別れた原因はサワコではない。オレの海外出張が多過ぎたせいだ。女房は、夫婦は二十四時間一緒にいて共に喜び共に悲しみ夫は額に汗して椅子や机を修理し妻はビスケットやケーキを焼いて「御飯ですよ」と鐘を鳴らす『大草原の小さな家』みたいなのを理想としているような女だったのだ。

オレと別れてからは故郷の裏日本へ帰り、製材業の男と一緒になって子供を二人産み八キロも太ってどういうつもりか知らないが毎年年賀状を寄こす。

幸福を誇示したいのかも知れない。

サワコがオレをしゃぶっている。上目遣いにオレを見ながら長く赤いマニキュアの両手で握り、舌を光らせて、舐める。

「煙草吸いなさいよ」

そう言う。女が這いつくばって顔を股間に埋め頰張ったりしゃぶったりするのを、煙草を吸いながら見るのが最高だ、といつかオレが言ったことをサワコは憶えているのだ。

「ね、口でいって、それでもう一回できる?」

「逆ならできるかもな」

「最初あたしの中でいって、その次に口ってこと?」

「そう」

「どうして?　どっちがメインディッシュなわけ?　お口が前菜なんじゃないの?」

「前菜で満腹になったらメインディッシュ食えないよ」

「口の中にあなたのが残ってる時にあそこに入れるのが好きなんだけどな。それにきょうあたし真赤よ」

血まみれのチンポをしゃぶる女がいないことはないが、オレはあまり好きではない。愛があればオシッコなんてとマゾヒストは言うし、相手の汚物さえ愛《いと》しく感じるというのはわかるが、相手の器官に付着した自分の分泌液を舐めるのは別問題でオレは嫌いだ。

それにしても女はどこでフェラチオの技術を学ぶのだろうか。サワコはインランだが、男なら誰でもいいという女ではない。男なら誰でもいいという女もいることはいるがそれはメスという種の法則から外れた可哀想な女だ。父親から犯されたというようなひどい過去を持つ女に多い。

サワコはオレ以外に男を知らないという。それはかわいらしい嘘かも知れないが、それでも他の男にフェラチオを仕込まれたということはないだろう。性の技術や快楽を女に仕込んだなどと得意になっている男をよく見るが、それは男のメロドラマにすぎない。女が勝手に奪うだけだ。

オレはサワコを逆向きに跨《また》がせ白い糸が目の前で揺れるのを見ながら両側のビラビラを押し開きクリトリスを剥いて舌で突ついた。サワコは口を離して頬をオレの太腿の上に乗せた。

「なあ、京都の旅館を憶えているか？」

思いきり尻を開いたままオレは聞いた。サワコはうなずいた。髪の毛がオレの腹と太腿を刺激した。

「京都みたいにやろうぜ」

そう言うと、サワコは、いやだ、と首を振った。京都へは今年の冬に行った。嵐山の、小さいがとても高い旅館だった。オレ達はこれ以上はないという京懐石を食い、辛口の冷酒を飲んでベロベロに酔い、茶室で寝ることになった。天井の低い茶室には淫靡《いんび》なものが立ちこめていて、押し入れを開けると春画が何百枚と隠されていた。この絵の通りに真似てやろうよ、とサワコが言って、オレ達は汗だくになって実行していったのだが、その中に肛門性交を描いたものが百点以上あったのだった。オレはその狭い茶室で初めてサワコの尻の穴を味わった。

「だめよ、痛いから」

サワコは首を振るが、オレが言いだしたら最後まで止めないのもよく知っている。オレは尻の下に枕を入れ、両足を開いたまま高く上げさせて、サワコの唾液でヌルヌルのやつをタンポンが埋まっているその下の小さな穴へ入れた。根元まで入れてから足を折り曲げさせたままオレは上体をサワコに近づけダイアのピアスが光る耳朶を噛んでやった。オレが買ってやったピアスだ。この女の、とオレは思った。尻の穴からピアスまでオレのものだ。

「お前は度胸があるんだよ」

直腸のつるりとした感触を味わいながらオレはそう言った。

「アナルでさせるから？」

サワコはふくら脛を細かく震わせている。

「すぐに入るからだよ、普通は指で広くしてからしかできないんだって言うじゃないか」

「あなたのが小さいんじゃないの？」

「そうかも知れないが指よりは太いだろ、ケツの穴が小さいってよく言うだろ？　気が弱い奴のことをさ、そうやって言うじゃないか」

「お尻の穴が大きいだなんて、いやだ」

「オレは好きだね」

「あなたが好きならいい、ね、痛いから早くいってよ」

食べる時間がなかったので、弁当の包みを残してサワコは会社へ戻って行った。

オレは二時頃オフィスに行き、広告代理店の奴と、テレビ局の奴と、バレーボール協会の奴と、陸連の奴に会い、三つの書類に印を押して、テレックスを十一カ所に入れ、晩メシをケニヤ大使館の奴と一緒に浅草で食ってそのまま吉原まで案内して、サワコに電話して尻の具合を聞き、まだ少し痛いわ、というかわいい声を聞いてからホテルに戻り、エスコートクラブへ電話して女を呼んだ。キョウコという名前のどんな変態的なこともできる女だ。

4

テーブルの上にビデオテープが載っていて、オレは家に帰るのが待てなくてベルボーイにテープデッキを持って来て貰えないかと頼んだ。

「見たよ」

オレはマドリッドのイワイへ電話をかけた。

「どうだった？」

「間違いないな」

「オレが言った通りだろ？」

ヨシハラミエは、昼下がりの公園で鳩に餌をやりながらジョギングをしていた年下の大学生と出会い、自分から下手な台詞まわしで、ねえ、ホテルに行かない？　と誘った。そしてホテルの鏡張りのベッドでオナニーをするところを見せ、十五分も若い男のちんぽをしゃぶり、上に乗って三十分も腰を揺すり続けた。

「あいつ、どうしたのかな」

「どうしたって何がだよ」

「ヤクザにでも捕まったのかな、亭主がサラ金に手を出してさ」

「それこそ裏ビデオみたいなストーリーだな」

「お前、どう思った？」

「がっくりきたよ、それよりイワイ、お前きのうあれから女買ったろ？」

「買ったよ」

イワイの声に元気がなかった。

「買ったけど、あれだな、いろいろ考えちゃったよ、ヨシハラみたいにいろいろあってこの女も娼婦になったのかなあとかさ、いろいろ考えたけど結局はしたけどな、不思議だなあ」

「何が？」

「オレもヨシハラ見てがっくりしたんだけど、あれ、何だろうな、どうしてがっくりくるんだろうな、悲しいっていうんじゃないんだよな、とにかくがっくり力が抜けるんだろう？」

「そうだ」

「どうしてなんだろう」

とにかく女のことはよくわからねえよ、みたいな曖昧な結論で、オレ達は電話を切った。電話を切るとすぐにキョウコがやって来た。チャイムが鳴って、ドアを開けてやると、抱きついてきてオレの舌を吸った。

「シャワー使わせてね」

キョウコがシャワーを浴びている間、オレはもう一度ビデオを見て、腹が減ってきたので、サワコが作って持って来てくれた弁当を開いた。

イワイには言わなかったがオレにはわかっている。ヨシハラミエが裏ビデオに出たからオレ達は悲しんだわけではない。ヨシハラミエが他の男によって喜んでいるところを見て、自分達が余計な者だと知らされて、がっくりきたのだ。

オレもイワイも、恐らくすべての男達はすべての女が好きで、機会さえあったら幸福にしてやりたいと思っている。ヨシハラミエは自分からすすんでやったのではないかも知れないが、不幸な感じはしなかった。

それに裏ビデオの女優ではなくても、ちゃんとした結婚をしたとしても、夜寝室では同じことをやっているのだ。

「お待たせ」

と言ってキョウコが現われた。

「あら、裏ビデオなんか、見るの?」

オレはこの女が高校の同級生だと教えてやった。高校時代のデートの時に弁当を作ってきてくれたことも話した。

キョウコは、ビデオの画面のヨシハラミエよりも、サワコよりもはるかに若い。

煙草に火をつけ、光った乳首から水滴を垂らしながら、性交中のヨシハラミエを見て、つまらなそうに言った。

「おばさんにしては、きれいなからだしてるじゃないの」

ウォーク・オン・ザ・ワイルド・サイド

昔、ハイエナが水牛の死肉を食べているところを見たことがある。ジャッカルだったかも知れない。よく憶えていない。小さな動物だった。その、ジャッカルだかハイエナだかわからない小さな動物は唯一匹だけで、大きな肉のかたまりと格闘していた。普通ならライオンやチータの食べ残しを漁《あさ》るのだろうが、その時は違った。水牛はほとんど手つかずの状態で倒れていた。病気か老衰で恐らく突然倒れたのかも知れない。いつライオンが見つけてやって来るかもわからないという状況で、小さな肉食動物はまず水牛の腹を食い破り、からだに入り込もうとしているかのように猛然と突き進んでいった。水牛の血は彼の灰色の毛を赤く染めた。ハイエナは肝臓を捜していたのだと思う。ちょうど夕暮れ時で灌木《かんぼく》の長い影がサバンナに奇妙な模様を作り、死んで動かない水牛とその中に入り込んだハイエナの見分けがつかなくなった。まるで、気持ちよく寝ている水牛が腹の一部だけをモゾモゾと動かしている、そんな感じだった。やがて、血まみれのハイエナが巨大な肝臓をくわえて水牛から離れた。水牛の腹に棲《す》んでいた異物が内臓を食い破って出てきたようだった。

ホテルに到着し、ロビーを横切ってフロントでゲストカードに記帳しクレジットカードを示してキーを貰う、ポーターにチップをやり、コンシェルジュに案内されてエレベーターに乗り長い廊下を歩いて部屋に入る、いつもと同じ行程だ、まるで虫になったような気がしてくる。ホテルは巣で、部屋は一個の卵細胞だ、ここはどこだろう？　ミャンマー沖のアンダマン島だろうか？　世にも不思議な英国風リゾート、マレーシアのフレイザーヒルだろうか？　それともモナコの手前のアンティーブかも知れない、どこでもいい、どこでも同じことだ。

散歩の途中、支配人と会った。簡単な会話をする。彼はどこの支配人だっただろう？　このホテルの支配人か、ここのニアラインの支配人か、裏手にあるゴルフクラブの支配人か、確かめることができなかった。

「お帰りなさい」

と支配人は言った。

「旅はいかがでした？」

「いつもと同じですよ、あまり旅ばかりしているとすべてが同じに見えてくるものですね、砂漠も雪原も海岸も山林も同じです」

「うらやましいですね、そういうお話を伺うと、わたしはもうここに勤務して十二年になりますからね、毎日同じことの繰り返しですよ、刺激が欲しいと思うのですが、ここはコミュニティが狭いものですからすぐに噂になってしまうのです」

そう言って支配人は笑った。笑いが起こったことで状況が安定した。

プールサイドにはブーゲンビリヤの花が咲き乱れている。時々海に向かって強い風が吹くと花びらが舞ってプールに落ちる。誰もが日光浴をして、泳いでいる人はいない。波のまったくないプールの表面は微かに震えながら空を映している。

「去年もお会いしましたね」

オイルを塗ってうつ伏せになっているあまり若くない女が話しかけてきた。ビキニの上のひもを開いて、からだを起こした時に乳首が一瞬見えた。小さくピンク色の魅力的な乳首だった。

「去年もちょうど今頃、来ていらしてたでしょう？　おととしはあたし来なかったからわからないけど、その前も確か会ったような気がするわ、ニューイヤーは毎年ここと決めてらっしゃるんですか？」

「いや、そういうことでもないんだけど」

「あたし、あなたの顔をどこかで見たわ、あなたピアニストじゃない?」

「違いますよ」

「じゃあ、建築家か何か」

「それも違う」

女はからだつきからすると三十代の前半で、分厚い小説を読んでいた。アルゼンチンの小説家が書いたものだ。天命を受け入れることのできない者は永遠に魂の荒野をさすらいいずれは卵と狼の区別もつかなくなってしまう、開いてあるページの最上段にそう書いてあった。

「プールサイドで会った女性と夕食の約束をしたのだが、どこかいいところを紹介してくれないか?」

スティーム・バスで支配人にそっくりの男に会ったのでそう聞いた。支配人に似ている男は大理石の上に横になって汗が噴き出る背中を黒人女性にマッサージさせていた。黒人女性が長く強そうな指で背中を押すとくぼんだ皮膚にそのまわりの汗の粒が転がりこむ。

「チャイニーズはお嫌いですか?」

支配人に似た男はそう言ってこちらを見た。この男は支配人ではないかも知れない。テニスのコーチかも知れないし、ボードセイリングのインストラクターかも知れない。地元のFM局のディスクジョッキーかも知れない。確かめる方法がない。

「いや、チャイニーズは好きだけど」

「ここのホテルにチャイニーズのダイニングルームができたんです、広東料理だから、品があっていいですよ、どうも四川とか台湾は下品でいやでね、香港のシェフが例の天安門以来どんどん外国へ逃げているのを御存知でしょう？　あの民族はまさに逃亡のためにあるような民族ですからね」

マッサージの黒人女性はユニフォームである蛍光ブルーの水着をつけている。それにしてもスティーム・バスの中でマッサージをするのは初めて見た。鼻の穴の肉が少し崩れている。コカインのせいかも知れない。

「もうピアノは止めたんですか？」

支配人に似た男が顔をこちらに向けてそう聞いた。

女は十二、三歳の少女を連れて来た。黒と銀のまるでイタリア料理の店のようなチャイニーズ・レストラン、ウエイターやウエイトレスはコロニアル風のユニフォームを着て、天井ではアンティークな大型扇風機が回っている。扇風機の羽根の影がメニューの文字を揺らす。

「あたしはシャークス・フィン・スープ、この子は燕《つばめ》の巣のスープ、それと鮑《あわび》のオイスターソース、あとはおまかせします」

女はそう言った。

「ねえ、きょううちのママとどこで会ったんですか?」

女の子がそう聞いてくる。

「それでここのディナーはどっちが誘ったの?」

「プールサイドだよ」

「君のママだよ」

「シャイな人なのに、おかしいなあ、その時どういうシチュエーションだったの? ビールとか、飲んでた?」

「どうだったかなあ、忘れたなあ」

もうそんなことはいいじゃないの、と女が娘を制した。シャツと蝶タイと半ズボンとハイソックスとスニーカーのウエイトレスがワインリストを持って来て、女がカリフォルニア・シャブリを選んだ。レストランはホテルとは別棟になっていて、小さな中庭がある。中庭は池と噴水と熱帯植物で構成されている。噴水には七色の照明が当たり、飛沫が虹のように見える。人間のからだくらいある熱帯の葉にトカゲが乗って餌の虫を探している。ねえパパ、もうやめましょうよ、と娘が言った。

「ねえ、もう知らない人ゴッコはやめない？　あまり続けていると、本当に知らない人みたいで恐くなっていやだわ」

少し温度が低い現像液に印画紙を浸した時のように、ひどくゆっくりと、「関係」が浮かんできた。目の前にいるのは、わたしの妻と娘だ。

もう三年ほどピアノに触れていない。ピアノを使わなくても作曲はできるが作曲もしていない。飽きたわけでも嫌いになったわけでもない。昔の作品の著作権だけで生活は困らないし、それまでが多忙を極めたので周囲の誰もが休養に賛成してくれた。

わたしは十代の終わりに既に成功して、二十年あまり作曲や演奏を続けたわけだが、四十を前にして時間のずれに耐えることができなくなった。時間のずれ、これを説明するのは難しい。例えば朝目覚めてキッチンからのトーストとマーマレードの匂いを嗅ぐ、おはようと挨拶する、その時音の配列とアンサンブルがふいに浮かんでくる。浮かぶというより漂ってくるという方が正確かも知れない、シンセサイザーのキーボードが点滅し打ち込むべきコンピュータのキーが脳を圧迫する。それはあっという間のできごとで、キッチン、トースト、マーマレードという時間軸とは別のものなのだ。しかもその時の音の配列とアンサンブルは具体的なテンポを持ちながら、言わば植物の種子のようなものにすぎなくて、そのままスタジオに行ってすぐに形になるというものではない。だが種子であることには間違いなくて、私の器官はある概念に冒されることになる。音色にしろ、その配列にしろアンサンブルにしろビートにしろ、つまりわたしの音楽を構成しているのは概念なのだ。言葉ではなく、映像に近い。白昼夢のようなものだ。例えば大きなタムの葉を移動する極彩色のトカゲのようなものだ。トカゲは葉脈に沿ってタムの葉の上を動く。手足はまったく無秩序に動くが吸盤はしっかりと葉の表面を捉える。稲妻型の舌が閃光のように小さな虫を捕らえるがその動作は全体の中に溶け合っている。そこにはまず不規則なビートと不鮮明な旋律があり、タムの葉が揺れるアンサンブルと、風というシンフォニックな響きがある。トカゲが提出する時間は、キッチン、トースト、マーマレードという時間とは別の次元にあってその二つが融和することは永遠にない。わたしはずっとトカゲの側をワイルド・サイド、野生の領域と呼んできた。概念が映像となって現われる音だけが、実際の音となった時に映像を拒否する。その他の音はすべて映像の奴隷となってしまうのである。トカゲがタムの葉を歩くのを見た時は、キッチン、トースト、マーマレードという時間と匂いに耐えなければいけない。いや、耐えるという言葉は適確ではないかも知れない、キッチンもトーストもマーマレードも私は嫌いではないからだ。

「ねえ、午後からウインドサーフィンをしようよ？」

プールサイドで娘がわたしに言う。その傍らで妻が笑っている。その向こうにはブーゲンビリヤの花がある。トカゲの映像は放置しておくと純粋な恐怖になる。例えば妻と娘をわたしが殺してしまうとかそういうイメージだ。恐怖とは想像だから、トカゲはすぐに悪夢へと変態する。より親しい関係へと悪夢と恐怖は割り込んでくるのである。

「あ、こんにちは」

と、娘がわたしに言った。知らない人ゴッコの始まりだ。

「どこからいらしたんですか？」

すべての混乱の原因は親しさにある。

「偶然ですね、わたしもプールサイドで本を読むのが一番好きなんです」

親しさは攻撃本能を失わせる。アタックの衝動が削られた箇所にこそトカゲの恐怖が入り込んでくるのだ。

「どういう本がお好きなんですか？」

「やっぱり冒険小説だね」

「アリステア・マクリーンとか?」

「もっと新しいやつだよ」

「あたしのママを紹介させていただいていいかしら」

妻がバスローブをまとってわたしと娘の間に坐った。

「初めまして、あたしこの子の母親です」

「御主人は後からいらっしゃるんですか?」

「いえ、一緒に来てるんですが、今、少しでも涼しい午前のうちにってゴルフに行ってるんです、ゴルフしか楽しみのない人なのよ、でもあたしはあまりゴルフは好きじゃないんです」

「かわいらしいお嬢さんですね」

「ありがとうございます、失礼かも知れませんが、お仕事は何をしていらっしゃるんですか?」

「映画の脚本を書いています」

「まあ、映画は大好きです」

「ボクが書いているのはアヴァンギャルドなポルノ映画なんです、旧東側の国が舞台で、アブノーマルな人ばかりが登場するんです」

「観てみたいわ」

「オージーしながらの討論会があって、そこではマルクス主義の別の側面が語られたりします」

「あたしはセラピストなんです、今度あなたを診察してみたいわ」

「ボクはまともですよ、アブノーマルなことを書けるのはまともな人なんです」

ここは特別なプールサイドで、スイートルームに泊まっている客だけが使用できる。一般のプールより高い位置にあって、部屋のベランダからだけ出入りできる。すぐ真下にある一般のプールからは団体ツーリストの歓声が聞こえてくる。ここのプールサイドにはわたし達の他には、スペイン人の老夫婦しかいない。彼らは英語が話せないので、わたし達とは軽く挨拶をするだけだ。わたしの妻の本当の仕事はチェリストである。もちろん彼女は仕事を続けているが、私に理解を示してくれて、決してピアノに向かえなどとは言わない。娘は中学一年生だがドイツの学校に行っている。シュツットガルトの私の友人が面倒を見ている。

「あ、パパだ」

娘が誰もいないベランダの一角を指差して叫んだ。

「あら、早かったのね、この方はシナリオライターをなさっていて、とても話が面白いの、あなたも早く着換えていらしたら?」

誰もいないベランダに向かって妻が話しかける。その彼方の白い雲がトカゲそっくりだ。

デッキチェアでスペイン人の老夫婦がルームサービスのハンバーガーを食べている。ケチャップが白いタイルの上に垂れた。すばらしい時間の流れだ、と私は呟く。親しさがどこにもない……。

ウナギとキウイパイと、死。

目覚めると、見知らぬ女とベッドの中にいた。二十代後半の、きれいな顔立ちの女だった。最初、私はまだ夢の続きを見ているのだと思った。両側にパン屋とケーキ屋が並ぶ通りを、部屋で待っている女のためにフルーツパイを捜して歩く、という夢をずっと見ていたからだ。フルーツパイを買って、部屋に戻って来たのだ、これはまだ夢の続きだ、と思った。

だが、夢ではなかった。女は、私の左腕を、首の下に敷き、からだを私の方に横向きにして、かすかな寝息をたてている。私の左腕は、女の首と枕の隙間《すきま》にあって、それほど圧迫されているわけではなかったが、女の頭部の重さは感じていた。女の寝息からは、薄荷《はっか》とニコチンの匂いがしたたし、私は非常に喉が渇いていた。唾を呑《の》み込むと、喉と両耳をつなぐ神経がゴクンと鳴った。

女を目覚めさせるべきかどうか私は迷った。薄暗い部屋に目が慣れてきて、首を動かせる範囲であたりを見回すと、ここが見慣れた自分の空間ではないことがわかった。壁紙の模様や色が違うし、天井も私の部屋よりはるかに高い。窓には、レースと、もっと布地が厚く光を遮断するものと、カーテンが二重にかかっている。僅かに洩れている光から判断すると冬の曇天の午前中といったところだろうか。音は聞こえないが、雨が降っているのかも知れない。

枕にはクリーム色のシルクのカバーが付いている。シルクの枕カバーなど、私は持っていない。女はTシャツを着て寝ている。白の無地のTシャツで、コイン付のネックレスが、よじれた形で首に貼り付いていた。私は毛布の下で女のからだにぶつからないよう脚を動かし自分が下着をつけているのを確かめた。右手を使って、それが肌触りのよいボクサー型のトランクスだとわかった。私は高校を卒業して以来ずっとブリーフをはいていて、トランクスなど持っていない。

何か事故のようなものに遭って、記憶が失われたのだろうか、と自分を疑った。実はこの傍《そば》に寝ている女と結婚か同棲かをしている仲で、もう何年も一緒に暮らしていて、それで単に記憶を失くしただけなのかも知れない。あまりに状況が非現実的なので私はそういうあり得ないことを考えたりした。

私の名前はオギノヒロシ、甲州街道沿いの、調布の手前にある中堅の通信器械メーカーの販売促進部に勤めている。七年前に離婚してからは高井戸の独身者用アパートで一人暮らしを続けていた。

私の日常は昔から規則的なものだ。二十八歳で、いわゆる「性格の不一致」という理由で妻と娘と別れてから、一人になった分だけさらに規則的になった。

私は七時前後に目覚め、まず冷蔵庫からミネラルウォーターを出して、バカラのグラスでそれを飲む。ミネラルウォーターは、基本的にはエビアンだが、変化をつけるためにヴォルヴィックを飲むこともある。ごくたまに、前夜に酒を飲んだ朝などには、ペリエを飲むこともある。そのためのバカラのグラスは、デパートのバーゲンで見つけたものだ。唐草の模様が入っているバカラの定番のタンブラーで、六個一組が定価三万円のところ、一万八千円で五年前に購入した。

水を飲んだ後に、シャワーを充分に浴びて、ひげをあたり、着換えを済ませて、アパートを出る。駅の傍に、オープンカフェのあるベーカリーがあって、朝食をそこでとることにしている。焼きたてのクロワッサンと、イタリア製のエスプレッソマシンでつくるカプチーノの朝食。開店して二十人目までの客にはしぼりたてのオレンジジュースのサービスがある。そのベーカリーがオープンしてから、私はそのオレンジジュースを飲まなかった日はない。自分の部屋で食事をとらないのはキッチンが汚れるからだ。

離婚してすぐの頃は朝も自炊していた。コーヒーとトーストと卵料理とヨーグルト、そんなものだったが、洗うのを二、三日さぼるとあっという間にキッチンに汚れものが溜まる。

食べた後に、その都度一人分の食器を洗うのが面倒になって、ある時、部屋では食事をしないことに決めた。

午前八時五十分には会社に着く。電車はラッシュアワーの逆方向の下りなので、混雑はない。

仕事は主に、部内の会議と、宣伝部、広告代理店との打ち合わせ、都内に数カ所あるディーラーを訪ねることもある。昼食は会社のまわりで済ます。

夕方五時に仕事は一応終わるが、たいてい六時とか七時までは会社にいる。調布駅周辺で軽く仲間と飲むこともあるが、一人の時はアパートの近くのファミリーレストランで千五百円以下の定食を食べる。かなりの額を養育費として別れた家族へ送金しているため、食費はどうしても限られてしまう。休日は、多摩川沿いを散歩し、音楽を聞き、読書をする。

それが私の生活のすべてだ。あと、もう一つ、私には夢の日記をつけるという楽しみがある。朝、エビアンを飲みながら軽くメモをとり、夜、寝る前に思い出せる限りのディテールを加えて日記を書く。これは、四年前から始めたことだが、今では、ノートが十一冊になった。

最初の頃は夢を記述するのに苦労した。私は、基本的には平凡な夢しか見ないし、それもすぐに忘れてしまっていた。初めの半年くらいは、採取できた夢はごく少なかった。それが、一年ほど続けるうちに、夢の持つ微妙なニュアンスを記述することができるようになった。

微妙なニュアンスというのは、映像的なことではなく、心理状態についてだ。夢にもっとも多く登場するのは、別れた娘である。離婚の時、娘は四歳で、以来妻が九州の実家に帰ったためにまったく会っていない。娘は十一歳になっているはずだが、不思議なことにさまざまな年齢で、夢に出てくる。赤ん坊の時もあるし、大人の女性の姿の時もある。

夢における心理状態というのはたとえば次のようなことだ。

成人した娘が目の前にいる。私達はどこか採光の悪い喫茶店で会っている。その後元気でやっているのかい？　みたいなことを私は娘に向かってたずねる。すると、娘は、下を向いたまま、今、セックスが楽しくてしょうがないの、と言って笑う。その時の私の心理は複雑だ。嫉妬と不安、男親がいないと女の子はうまく育たないんだ、ざまあ見ろ、という歪《ゆが》んだ快感、どんな男と付き合っているのだろうという俗っぽい興味、それに、この子も成長したな、という親としての単純な感慨のようなもの、それらがミックスされる。そういう心理を一つ一つ思い出して、できるだけ正確に記述しようと努めることになる。

正確な記録が溜まるようになると、それが何かの訓練になったのかどうかわからないが、常軌を逸した夢をたまに見るようになった。成人した娘と私が森の公園でセックスしている、という夢、私と娘とのセックスの写真が部屋中に額入りの写真として飾られていて、それをハンマーのようなもので叩《たた》き壊していくという夢、私が娼家のようなけばけばしいネオンの館に娘を連れて売りに行くという夢。必ずセックスが関係していた。

私は、目の前の女の寝顔を見ている。女は、私の知り合いの誰にも似ていない。そもそも、私の二十代後半の女性の知り合いなどごく僅かだ。ベーカリーの店員、会社の社員、調布駅の周辺の飲み屋の女、ファミリーレストランのウエイトレス、せいぜいそんなところで、そういう女達と私が一つのベッドで寝る可能性は、ゼロだ。離婚の後、二回だけソープランドに行ったことがある。あまり良い体験とは言えなかった。それ以来、一人でいることに決めた。他人、それも女性から与えられる快楽や安らぎがあることは認めるが、それは時間とエネルギーの浪費がなければ成立しない。私には余裕がない。一人の時間、散歩や音楽鑑賞や読書や夢の記録という自分だけの時間を優先することにしたのだ。以来、私からは女性に対する欲望そのものがしだいに失われていった。

女は、私のまわりにいる誰よりも美しい顔をしていた。考えてみれば、女の寝顔をこうやって眺めるのも初めてだ。私は、接触して女を目覚めさせることのないよう注意しながら、首を起こし、左手にあるはずの腕時計を見ようとした。部屋は腕時計の文字盤が読める明るさではないが、液晶の具合で大体の時刻がわかるのではないかと思ったのだ。時間が気になった。きょうは水曜日で来年度の新製品に関する広告代理店との重要な打ち合わせがある。

腕時計を見ようとして、女に顔が近づく格好になり、私はそれまで気付かなかった髪の匂いを嗅《か》いだ。女の、シーツに拡がる長い髪からの匂い、それは奇妙に懐かしいものだった。私はどこでこの匂いに接したのだろう、という強く魅惑的な疑問が起こった。そのためか、左手に腕時計がなかったこともそれほど気にならなかった。

髪そのものの匂いに、かすかな化粧品の香りが混じっていた。女の髪の匂いを意識したことがこれまであっただろうか、と考えた。そんなことは考えてみるまでもない。私は女性をほとんど知らないし、髪の匂いを強く意識するような親密で激しいセックスもしたことがない。ひょっとしたら今までの夢に出てきた女の匂いなのではないか、と思った。遠い夢の記憶がこれほど鮮やかに残っているわけはない。この一カ月ほどは、昨夜を除いて、女性が登場する夢を見ていない。

昨夜の夢は、見知らぬ部屋で見知らぬ女と話しているところから始まった。

「狭いね、ここは」

「だって、しょうがないでしょ」

「そうだ、しょうがない」

「あなたが身分証明書を川に落としたからですよ」

「もうそのことは言わないでくれないか、さっきからさんざん聞いている」

「一度しか言ってないわよ」

「いや、何度も聞いた」

「そんなことはいいじゃないの、ここで暮らしていかなきゃいけないことに変わりないんだから」

「川があそこにあるって知らなかったんだ」

「あなた、ウナギ好き？」

「ウナギが嫌いな日本人はあまりいないよ」

「ここで、食べない？」

　私は、ウナギは高いのでもっと他のものにした方がいいと思っているが、それを言うとこの女から嫌われてしまうと不安になって黙っている。それに、一度ウナギを食べたからといって、全財産がなくなるものでもない、と思う。

「君はウナギ屋の電話番号を知ってるの？」

「何を言ってるの」

「出前をとろう」

「ここには、電話がない」

「そうか、引っ越したばかりだからね」

「引っ越す前からなかった」

女の顔が一つ台詞《せりふ》を言うたびに爬虫類に変化していく。私は、女を部屋に残して、ウナギを探しに外に出た。外は、郊外の住宅地だった。新しい家並がはるか彼方までえんえんと続いている。車がなくてはとても歩き回れるものではないと私は思う。引っ越したばかりなので、道に迷うとあの部屋に戻れなくなる恐れもある。第一、ウナギを買って帰っても、あの部屋には調理する設備や道具がない。出前してくれるウナギ屋を見つけても、あの部屋の住所がわからない。長い距離を歩いて、アーケードのある商店街に出た。車が入れない道の両側はすべてベーカリーかケーキ屋だ。ウナギじゃなくてもフルーツパイでも別にいいだろう、と私は思う。一軒のケーキ屋の店員が、私に声をかける。

「オギノさん、去年、屋上で食べたキウイパイはおいしかった？」

屋上でキウイパイを食べたことなどまったく記憶にないが、ああ、おいしかったよ、と私は答える。そう答えなくてはならない事情が私にはあるようなのだ。

だめだ、と私は声には出さずに呟いた。髪からかすかな匂いを漂わせる女は昨夜の夢には登場しない。私は、昨夜の、眠りに就く前のことを思い出そうとした。会社を出て、調布の駅で部下と別れ、アパートの傍のファミリーレストランで、千三百八十円のダブルハンバーグセットを食べた。湖の水面に映る景色が波紋で崩れるように、私の記憶はふいに曖昧になってしまう。ダブルハンバーグセットを食べたことは確かなのだが、それが正確に昨日のことかどうかがわからない。ダブルハンバーグセットが千三百八十円であることははっきりと憶えているのに、それを食べたのがいつなのかがわからない。

女が目を開けていて、心臓が凍りそうになった。

「起きていたのね」

と女が言った。まったく聞き憶えのない声。女はまだ眠そうだ。

「あら、腕枕してくれてたんだ、腕が痛くなるよ」

女は首を起こして、私の腕を抜いた。喉がカラカラに渇いて、私は声が出ない。

「ねぇ」

と、女がかすれた声を出す。

「もう少し、寝ましょう」

女は再び目を閉じて、また寝息をたて始める。規則的な吐息に乗って届く、薄荷とニコチンの香り。部屋は一切物音がしない。カーテンの隙間からの僅かな光の具合からすると、外で雨が降っているようでもあるが、雨の音も聞こえてこない。寒くも暑くもないことに私は初めて気付く。毛布をかけても暑くはなく、毛布のかかっていない肩や腕も寒くはない。

女のからだに、露わになっている白い肩のあたりに触れてみようかと思うが、その勇気がない。

私は喉の渇きに耐え、さっき女が言った通り、もう少し寝てみることにして、ゆっくりと目を閉じた。

あとがき

「そしてめぐり逢い」という短編は、ずっと『BRUTUS』という雑誌に書いたものだと思っていた。『BRUTUS』のバックナンバーを、担当編集者(例によって石原正康くんです)が必死に探したが、見つからなくて、「本当に書いたんですか?」と言われ、自分でも「ひょっとしたら、書いたつもりになっているだけで実は書いていないのかも知れない」と思い始めた時に、本当の発表先は『HOT-DOG PRESS』だったことが判明した。「ウォーク・オン・ザ・ワイルド・サイド」という作品は、それをどの雑誌に発表したかではなく、そういう短編が存在することさえ忘れていた。書いた、ということを、完全に忘れていたのだ。

著者校正で、「ウォーク・オン・ザ・ワイルド・サイド」を誰が書いたのかわからない作品として読んだ。信じて貰えないかも知れないが、最後まで、これを自分が書いたという感じがなかった。でも、つまらない作品ではなく、好きな短編だと思えたので安心した。

「或る恋の物語」「彼女は行ってしまった」「わたしのすべてを」の三編は、SMEからBO

ＯＫ・ＣＤとして一九九六年に発表したものだ。快く転載をＯＫしてくれたＳＭＥの鈴木民生さん、森さちほさん（かわいい人です）、ソニー・マガジンズの伊藤剛さんの理解あふれる協力に感謝します。

もっとも新しい短編である「ウナギとキウイパイと、死。」は、雑誌『ダ・ヴィンチ』に発表した。編集長である長薗安浩さんと担当の細井ミエさん（素敵な人です）、ありがとう。

私はこの十年あまり短編を書いていない。

短編を書くのはイヤではない。だが、短編は「洗練」を必要とする。

私は「洗練」がイヤなのだと思う。

一九九七年二月　東京

村上龍

解説

河瀬直美

——短編を書くのはイヤではない。だが、短編は「洗練」を必要とする。私は「洗練」がイヤなのだと思う。——これは、龍さんが単行本のあとがきに書かれた文章だ。龍さんとはほんの数ヶ月前に初めてお会いした。イメージしていたよりもはるかにやさしくフレンドリーな方だった。琵琶湖を眼下に見下ろす公共施設の会議室で私たちは対話をした。「あぁものすごく深くて見えない人だな」そう感じた。きっと本人が一番自分で自分の深さをわからずに探し求めているのかもしれないな。そうも思った。対話の途中、龍さんは外国の人とのつきあいの経験を述べ、年齢差や役職に関係なく彼らとは名前で呼びあうのだというたぐいのことを話された。つまり彼らと共に仕事をする現場で、例えばまったく新人の若者でも龍さんのことを〝RYU〟と呼んでわからないことがあれば率直に聞いてくるのだそうだ。ダイレクトに話しあうことで不明瞭なことがほとんどなく仕事が進んでゆくらしい。

〝RYU〟はとても孤独なのかもしれない。直観的にそう思った。「もしもあと数ヶ月しか生きられないとしても僕は小説を書くよ、河瀬さんも映画を撮るんじゃない？」〝RYU〟はその生き方に誇りを持ちながら、どこかでもう一方の自分を探し続けている。そういう欲求の上の孤独。

『白鳥』につまった九つの世界で、私は〝RYU〟を探し続けた。これが〝RYU〟？　それともこれ？　結局答えなどありはしなかった。〝RYU〟はどこにもない。それが答えなのだ。

表題作の「白鳥」に描かれた世界は、異様に空気が濃くて、まとわりついてくる欲望をはらいのけられずに、しばしそれに逆らわずいる方が良いと判断した。

「ウナギとキウイパイと、死」や「ウォーク・オン・ザ・ワイルド・サイド」の世界は、ある日ある時の誰かの欲望がギッシリつまっていた。ぐっすり眠りにおちて見る、妙にリアルな夢の感覚に非常によく似ている。

あの、誰しもが経験のあるリアルな夢はどこからやってくるのだろう。見る夢の中に深層心理がかくされているという話はよく聞くがそういうたぐいのものではなくて、いつか絶対にあったとかこれから絶対にあるとかいうような何かもうひとつの世界、もうひとりの自分に会ったようなリアルさなのだ。そうして、宇宙のブラックホールのむこう側に、裏かえしの本当の世界があるのだという確信を得る。

この九つの短編の中で特に興味深く読んだのは「或る恋の物語」「彼女は行ってしまった」「わたしのすべてを」という三編で、これらは作品の中の登場人物は同じなのだけれど、それぞれにおいて主人公が違うというものだ。語られてゆく主人公の〝想い〟が強く一方通行であればあるほど、それぞれの話が濃くからみあって抜きさしならなくなってくる。世界は、皆に同じくあるというのに一日は24時間、一年は365日同じように流れてゆくというのに、人の数だけ、いや人の数以上に〝想い〟は無数で時空を超えて複雑にからみあっている。誰かが作りあげた作品世界を見る時、いつも想うが、そのつくり手にはその複雑な糸の先を見つける鋭いまなざしが備わっているのだ。例えばその糸の先はそこが答えや終点ではないにしろ、〝そこにこれがある〟と言ってしまえる鋭さに私は魅了される。〝RYU〟はきっと私の中に眠っているその鋭さをよびさましてくれるのだ。

〝RYU〟の書く「洗練」された短編は、どれもがとてもエッチだ。それは単に性の描写がリアルだとか、そんなことに限っている訳ではない。何かこう人肌を欲して、その生々しいものに触れたくてたまらなくなる。生きもののもつ独特の生々しさへ帰り着きたくなるのだ。乾いた人間関係の中にあって、心がカサカサでどうしようもない時にこそ、それは顕著にあらわれる。
いずれにしても、龍さんに初めて会った日のことは鮮明に記憶されていて、たった数時間の対話がその周りの景色などとからみあって、あの妙にリアルな夢の中のことにとても似ている。黒い、全く視線の見えないサングラスをかけて目の前に現れた彼は、まっすぐにこちらを向いて丁寧なあいさつをした。ほどなくしてサングラスを外し、まなざしをこちらにむけた。「疲れているのかもな」そう感じさせる力の入ったぎょろりとした目玉だった。この人はどうしてこんなにパンパンに張りつめているんだろう。この人をこんなふうに存在させているのは何なのだろうか。帰り際、京都の友人に会うからといって軽快に部屋を出てゆく彼の姿を想う。「じゃこれで」。丁寧に会釈をする龍さんに対し、思わず何十年来の友人がそうするかのように「RYU、じゃまた」と手を振った。〝RYU〟は一瞬なんともいえない複雑な顔になったが、そうした表情はまるでなかったかのようにくったくなく笑って片手をあげ出て行った。その複雑な顔のむこう側にあるものに触れてみたい。ますます私の欲求はふえはじめた。けれどその欲求がすぐには満たされないことも知っていて、広い宇宙のブラックホールのむこう側があると信じているのに似た感情で〝RYU〟への旅をし続けようと思う。

——映画監督・作家

この作品は一九九七年三月小社より刊行されたものです。

白鳥《はくちょう》

村上龍《むらかみりゅう》

平成12年4月25日　初版発行

発行者――見城徹
発行所――株式会社幻冬舎
〒151-0051東京都渋谷区千駄ヶ谷4-9-7
電話　03(5411)6222(営業部)
　　　03(5411)6211(編集部)
振替00120-8-767643
印刷・製本―中央精版印刷株式会社
装丁者――高橋雅之

幻冬舎文庫

ISBN4-87728-869-4　C0193　む-1-13